Lastall den Scáthán agus a bhFuair Eilís Ann Roimpi

Lastall den Scáthán agus a bhFuair Eilís Ann Roimpi

Lewis Carroll a scríobh

JOHN TENNIEL
A MHAISIGH

NICHOLAS WILLIAMS
A D'AISTRIGH GO GAEILGE

arna fhoilsiú i gcomhar ag

Coiscéim • Evertype

Bunteideal: *Through the Looking-Glass and What Alice Found There*

An Chéad Chló 2004.

ISBN 1-904808-04-2 crua; ISBN 1-904808-05-0 bog (Evertype)

Dearadh agus clóchur:
Michael Everson, Everson Typography, Cathair na Mart.
De Vinne Text, Mona Lisa, ENGRAVERS' ROMAN, agus Liberty na clónna.

Léaráidí: John Tenniel, 1865. Gaelaithe le Michael Everson. Léaráid ar leathanach 166: Ken Leeder, 1977.

Clúdach: Valerie Seery.

Arna chlóbhualadh in Éirinn ag Johnswood Press, Baile Átha Cliath.

Tá Coiscéim buíoch de Bhord na Leabhar Gaeilge as tacaíocht airgeadais a chur ar fáil.

Evertype: www.evertype.com

Coiscéim: Tig Bhríde, 91 Bóthar Bhinn Éadair, Páirc na bhFianna, Binn Éadair, Baile Átha Cliath 13.

Réamhfhocal

Scéal samhraidh atá in *Alice's Adventures in Wonderland* a d'fhoilsigh Lewis Carroll (Charles Lutwidge Dodgson) den chéad uair i mí Iúil 1865. D'fhoilsigh mise leagan Gaeilge de sin sa bhliain 2003 faoin teideal *Eachtraí Eilíse i dTír na nIontas*. Is le paca cártaí a bhaineann roinnt mhaith de charachtair agus d'eachtraí an leabhair. Scéal geimhridh is ea an scéal seo *Lastall den Scáthán agus a bhFuair Eilís Ann Roimpi* agus is aistriúchán Gaeilge é ar *Through the Looking-Glass and What Alice Found There* a d'fhoilsigh Carroll den chéad uair i mí na Nollag 1871. Ar chluiche fichille a bunaíodh formhór dá bhfuil sa dara scéal seo.

Is í banlaoch an dá leabhar Alice Liddell, iníon le Déan Christ Church, Oxford, áit a raibh Dodgson ina oide matamaitice. Cé gur sa bhliain 1852 a rugadh Alice Liddell, fiche bliain níos déanaí ná Dodgson, samhlaítear sa dá leabhar í mar chailín beag seacht mbliana d'aois, an aois a bhí aici nuair a casadh Dodgson den chéad uair uirthi. Is léir ó na píosaí filíochta ag tús agus ag deireadh an leabhair seo go raibh an-chion ag Carroll ar Alice Liddell. Ní mór cuimhneamh, áfach, gur éirigh idir tuismitheoirí Alice agus Carroll sa bhliain 1864 agus nach bhfaca sé ach go fíorannamh i ndiaidh an dáta sin í.

An dán ag deireadh an leabhair *Lastall den Scáthán* is acrastaic atá ann a litríonn túslitreacha na línte ainm iomláin an chailín bhig: ALICE PLEASANCE LIDDELL. Cé gur athraigh mé *Alice* i gcorp an dá leabhar go *Eilís* (ag leanúint shampla Phádraig Uí Chadhla ina leagan Gaeilge d'*Alice's Adventures in Wonderland* a d'fhoilsigh sé sa bhliain 1922), san acrastaic bhí orm an t-ainm Béarla a fhágáil mar a bhí. Tugtar faoi deara freisin nach mór neamhaird a thabhairt san aistriúchán Gaeilge ar na sínte fada ar thúslitreacha na línte.

Ag deireadh an leabhair seo ar fad gheofar eachtra breise "Puch na Peiriúice", leagan Gaeilge de "The Wasp in a Wig", a bhí ina cuid de *Through the Looking-Glass* ar dtús. Níor thaitin an sliocht le John Tenniel, an té a tharraing na pictiúir sna chéad eagráin den dá leabhar, agus fágadh ar lár dá dheasca sin é. An pictiúr atá ag dul leis an sliocht anseo thíos, líníocht de chuid na fichiú haoise is ea é.

Táim fíorbhuíoch de na daoine seo a leanas a thug cúnamh dom agus mé ag dul don aistriúchán agus ag ullmhú an leabhair don phreas: Aifric Nic Aodha, Fiona Dunwoody, Hilary Lavelle, Meidhbhín Ní Úrdail, Dominica Williams, Benedict Williams, Jerome Williams, Michael Everson, Pádraig Ó Snodaigh, agus Brian Ó Curnáin. Is mó de leabhar le haghaidh daoine fásta an leabhar seo ná *Eachtraí Eilíse i dTír na nIontas*. Is minice agus is domhaine ná sa chéad leabhar na cleasanna teanga agus fealsúnachta atá le fáil ann. Rinne mé iarracht gach rud sa leabhar a ghaelú chomh maith agus ab fhéidir. Murar éirigh liom i ngach uile áit, mise amháin atá ciontach.

Nicholas Williams
Baile Átha Cliath 2004

Carroll, Lewis. 2000. *The Annotated Alice: Alice's Adventures in Wonderland & Through the Looking-Glass*. By Lewis Carroll; with original illustrations by John Tenniel. Updated, with an introduction and notes by Martin Gardiner. Definitive edition. New York & London: W. W. Norton & Company. ISBN 0-393-04847-0

Carroll, Lewis. 1977. *The Wasp in a Wig: a suppressed episode of Through the Looking-Glass*. Notes by Martin Gardiner. London: MacMillan. ISBN 0-333-23727-7

Lastall den Scáthán agus a bhFuair Eilís Ann Roimpi

Clár

An Ceithearnach Bán (Eilís) a imreoidh agus a ghnóthóidh an cluiche laistigh d'aon bheart déag

DEARG

BÁN

1. Eilís d2 agus buaileann leis an mBanríon Dearg	1. An Bhanríon Dearg e2-h5
2. Eilís d2-d3 (*ar an traein*) d3-d4 (*Munachar is Manachar*)	2. An Bhanríon Bhán c1-c4 (*i ndiaidh a seáil*)
3. Eilís d4 agus buaileann sí leis an mBanríon Bhán (*a bhfuil a seál uimpi*)	3. An Bhanríon Bhán c4-c5 (*déantar caora di*)
4. Eilís d4-d5 (*siopa, abhainn, siopa*)	4. An Bhanríon Bhán c4-f8 (*fágann sí ubh ar an tseilf*)
5. Eilís d5-d6 (*Filimín Failimín*)	5. An Bhanríon Bhán f8-c8 (*ag teitheadh ón Ridire Dearg*)
6. Eilís d6-d7 (*coill*)	6. An Ridire Dearg g8-e7+ (sáinn)
7. An Ridire Bán f5 x e7 agus gabhann an Ridire Dearg	7. An Ridire Bhán e7-f5
8. Eilís d7-d8	8. An Bhanríon Dearg h5-e8 (*scrúdú*)
9. Déantar Banríon d'Eilís	9. Caislíonn na Banríonacha
10. Eilís d8 (*féasta*)	10. An Bhanríon Bhán c8-a6 (*anraith*)
11. Gabhann Eilís an Bhanríon Dearg agus buann sí	

Réamhrá

Ós rud é gur chuir an fhadhb fhichille a léirítear thuas mearbhall ar chuid de mo léitheoirí, bheadh sé chomh maith agam a mhíniú gur oibríodh amach i gceart ó thaobh na mbeart de í. Is dócha nach gcloítear le malartú idir Dearg agus Bán chomh docht agus ab fhéidir, ach níl i *gcaisliú* na dtrí Bhanrion ach bealach le cur in iúl go ndeachaigh siad isteach sa phálas. Ach maidir le sáinniú an Rí Bháin ag beart 6, gabháil an Ridire Dheirg ag beart 7, agus "marbhsháinn" deiridh an Rí Dheirg, ní mór an méid seo a rá: aon duine a chuirfidh an stró air féin an clár a leagan amach agus na bearta cuí a imirt mar a mholtar, gheobhaidh sé amach go leanann na bearta céanna rialacha na fichille go dlúth.

Nollaig 1896

A leanbh na nglanrosc 's na haislinge glé
a bhfuil iontas le léamh ar d'éadan,
tá an t-am neamhbhuan is tá tú is mé
leathfhad saoil óna chéile,
ach is cinnte an ní gur le gáire lách
a ghlacfair mo scéal mar fhéirín grá.

Ní fhacas le fada an solas id ghnúis
is níor chualas do gháire binn seasta;
i do shaol óg aoibhinn ní bhfaighidh tú cúis
le smaoineamh aon uair orm feasta—
is leor liom anois go n-éistfir go grách
leis an scéilín atáim a chur faoi do bhráid.

I bhfad ó shin is ea tosaíodh an stair
is an ghrian ar an spéir in airde,
insint shaonta a réitigh go maith
le bualadh ár maidí rámha—
bíodh gur tharla an t-iomramh fadó,
ní fhágfaidh an lá sin mo chuimhne go deo.

Éist mar sin sula nglao, monuar,
  faoi dheoidh an scairt go guaiseach
chun ordú go crua chuig leaba rífhuar,
  an mhaighdean bhrónach dhuaiseach.
Níl ionainn ach leanaí fásta, a ghrá,
  roimh dhul a luí a ghlacann scáth.

Tá an sioc lasmuigh is anfadh garg
  is tréine is dalladh an tsneachta.
Laistigh tá tine theolaí dhearg,
  do pháistí clúid rísheascair.
Coinneoidh na focail thú faoi dhraíocht,
  sa chaoi nach gcloisfir stoirm ná fraoch.

Cé go mbeidh iarracht d'osna bhróin
  le brath ar fud na staire,
is tnúthán fós le laethanta an óir
  is glóir an tsamhraidh chaite,
ní mhillfidh choíche aon anáil dhuairc
  gáire is pléisiúr ár scéilín shuairc.

CAIBIDIL I

An Teach Lastall den Scáthán

Aon rud amháin atá cinnte, nárbh é an caitín bán a bhí ciontach ar chor ar bith. Is ar an gcaitín dubh ba cheart an milleán a chur. Bhí aghaidh an chaitín bháin á níochán ag an seanchat le ceathrú uaire (agus bhí an caitín ag cur suas leis go cróga tríd is tríd); mar sin ní fhéadfadh sí aon lámh ná páirt a bheith aici le hurchóid ar bith.

Is mar seo a níodh Dineá aghaidheanna a caitíní: ar dtús bheireadh sí ar chluas an ruidín bhoicht agus choinníodh sí síos an caitín lena leathlapa tosaigh. Ansin chuimlíodh sí an lapa eile in aghaidh stuif d'aghaidh an chaitín ag tosú ag an tsrón. Agus, mar a dúradh thuas, bhí sí gnóthach ar an gcaitín bán, a bhí ina luí go socair agus í ag iarraidh crónán a dhéanamh—is é is dóichí gur chreid an caitín gur ar mhaithe léi féin a bhíothas.

Ach críochnaíodh glantachán an chaitín duibh ní ba luaithe sa tráthnóna. Mar sin, fad is a bhí Eilís ina suí cuachta i gcúinne amháin den chathaoir mhór uilleach agus í leath ina codladh is leath ag caint léi féin, bhí an-spórt go deo ag an gcaitín dubh le ceirtlín olla. Rinne Eilís iarracht roimhe sin ar é a thochras agus bhí an caitín dubh á rothlú suas agus anuas gur scaoil sí an snáth uile, agus b'shin é ina achrann agus in aimhréidh ar fud ruga an tinteáin é agus an caitín ag féachaint le breith ar a heireaball féin i lár baill.

"Och, nach tú an ruidín beag dána!" arsa Eilís de bhéic, rug sí ar an gcaitín agus thug póigín di le cur in iúl di í a bheith faoi smál. "Leis an bhfírinne a dhéanamh, ba chóir do Dhineá múineadh ab fhearr ná é sin a chur ort! Ba chóir duit, a Dhineá, tá a fhios agat gur chóir!" a dúirt sí. D'fhéach sí go míshásta ar an seanchat agus labhair sí léi chomh crosta agus ab fhéidir léi. Dhreap sí isteach sa chathaoir uilleach arís agus thug sí idir olann agus chaitín léi. Thosaigh sí ag tochras na holla ansin ach is beag dul chun cinn a rinne sí, mar bhí sí ag caint i gcónaí, leis an gcaitín seal agus léi féin seal eile. Bhí Puisín ina suí go modhúil ar ghlúin Eilíse, á ligean uirthi féin gur ag féachaint ar an olann á tochras a bhí sí. Chuireadh sí amach lapa ó am go ham go dteagmhódh sí go séimh leis an gceirtlín, amhail is dá mbeadh sí ag iarraidh cúnamh a thabhairt leis an obair, dá mb'fhéidir ar chor ar bith é.

"An bhfuil a fhios agat, a Phuisín, cén lá a bheidh amárach ann?" arsa Eilís. "Is agatsa a bheadh a fhios dá mbeifeá thuas ag an bhfuinneog in éineacht liomsa—ach is amhlaidh a bhí Dineá do do ghlanadh agus níor fhéad tú bheith liom. Bhí mise ag féachaint ar na buachaillí ag cruinniú brosna le haghaidh thine chnámh Oíche Chaille—is mór mar a bheidh brosna ag teastáil, a Phuisín! Ach bhí sé chomh fuar sin gur thit an sneachta, agus bhí orthu éirí as. Ná bac, a Phuisín, rachaimid amárach go bhfeicfimid an tine chnámh." Chas Eilís an olann ansin a dó nó a trí de chuarta timpeall mhuineál an chaitín, chun go bhfeicfeadh sí cén chuma a bheadh uirthi. Thosaigh an caitín á húnfairt féin gur rothlaigh an ceirtlín anuas agus scaoileadh a lán lán de ar fud an urláir.

"An bhfuil a fhios agat, a Phuisín, go raibh an-fhearg orm," arsa Eilís agus iad socraithe go compordach sa chathaoir arís, "nuair a chonaic mé a raibh déanta de dhamáiste agat? Is beag nár oscail mé an fhuinneog chun thú a chur amach sa sneachta! Agus bhí sé tuillte go maith agat, a stóirín bhig ábhailligh! Cad atá le rá agat ar do shon féin? Ná tar romham mar sin!" a dúirt sí agus chuir sí méar suas. "Inseoidh mé do chuid lochtaíola uile duit. Uimhir a haon: lig tú gíoc asat nuair a bhí Dineá ag níochán d'aghaidhe ar maidin. Anois ní féidir leat é sin a shéanadh, a Phuisín. Chuala mé thú! Cad é sin atá tú a rá?" (ag ligean uirthi féin gur ag caint a bhí an caitín.) "Chuaigh a lapa sise i súil leat? Bhuel, is ortsa atá an locht, mar choinnigh tú do dhá shúil oscailte—dá ndúnfá go docht iad, ní tharlódh tada. Ná déan leithscéal ar bith eile, ach cuir cluas mhaith ort féin! Uimhir a dó: ní túisce a leag mé sásar bainne roimh Phlúirín Sneachta ná tharraing tú amach as an mbealach í! Cad a deir tú? Tart a bhí ort, an ea? Cén chaoi a bhfuil a fhios agat nach raibh tart uirthise freisin? Anois uimhir a trí: nuair nach raibh mé ag breathnú, scaoil tú gach uile orlach den olann a thochrais mé!

“Sin trí locht, a Phuisín, agus níor cuireadh pionós ar bith fós ort. Tá a fhios agat go bhfuilim ag sábháil do chuid pionós uile go dtí seachtain ón gCéadaoin seo chugainn—cuir i gcás go sábhálfaí mo chuidse pionós!” a dúirt sí léi féin seachas leis an gcaitín, “Cad a dhéanfaí ansin ag deireadh na bliana? Chuirfí i bpríosún mé, is dócha, nuair a thiocfadh an lá. Abair gurb ionann gach pionós agus gan dinnéar a ithe; nuair a thiocfadh an lá gránna féin, bheadh orm leathchéad dinnéar a chailleadh in éineacht! Ba bheag a chuirfeadh sé sin as dom. B’fhearr liom uaim iad i bhfad ná iad a ithe!

“An gcloiseann tú an sneachta ag bualadh na bhfuinneog, a Phuisín? Nach deas bog an fhuaim atá aige! Cheapfá gur á bpógadh a bhí duine éigin lasmuigh. Meas tú an bhfuil grá ag an sneachta do na crainn agus do na páirceanna, nuair a phógann sé chomh séimh sin iad ? Clúdaíonn sé ansin go cluthair iad lena chuilt gheal, tá a fhios agat. B'fhéidir go ndeir sé, 'Codlaígí anois, a mhaoineacha, go dtiocfaidh an samhradh arís.' Nuair a dhúisíonn siad sa samhradh, a Phuisín, cuireann siad éadach glas orthu féin agus bíonn siad ag rince thart—gach uair a shéideann an ghaoth—ó, nach álainn é sin!" arsa Eilís go hard agus lig sí don cheirtlín olla titim chun go mbuailfeadh sí a dhá bois le chéile. "Ba bhreá liom é sin a bheith fíor! Is cinnte go mbíonn cuma na tuirse ar na coillte san fhómhar nuair a thagann dath donn ar an duilliúr.

"An bhfuil imirt fichille agat, a Phuisín? Ná bíodh meangadh gáire ar d'aghaidh, a chroí, táim dáiríre á fhiafraí díot. Nuair a bhíomar á himirt tamall ó shin, bhí tusa ag breathnú orainn, amhail is dá dtuigfeá an cluiche. Agus nuair a dúirt mé 'Sáinn!' rinne tusa crónán! Bhuel, is deas an tsáinn a bhí ann, a Phuisín, agus is beag nár ghnóthaigh mé, murach gur tháinig an Ridire gránna úd ag sleamhnú anuas i measc mo chuidse fear. A Phuisín, a chroí, ligimis orainn féin—" Is trua liom nach féidir liom insint duit anseo leath dá ndeireadh Eilís ag tosú leis na focail ab ansa léi "Ligimis orainn féin." An lá roimhe sin féin bhí argóint fhada aici lena deirfiúr—toisc go ndúirt Eilís léi "Ligimis orainn féin gur ríthe agus banríonacha sinn," ach b'áil lena deirfiúr a bheith go cruinn beacht agus dúirt sise nárbh fhéidir sin, mar nach raibh ach beirt acu ann. Sa deireadh thiar bhí ar Eilís a rá, "Bhuel, aon duine amháin díobh a bheidh ionatsa is mise an chuid eile." Uair amháin eile scanraigh sí an croí ina seanbhuime nuair a dúirt sí, "A Bhuime! Ligimis orainn féin gur mac tíre ocrach atá ionatsa agus gur cnámh mise!"

Ach tá sé seo uile dár dtabhairt chun siúil ó chaint Eilíse leis an gcaitín. "Ligimis orainn féin gur tusa an Bhanríon Dearg, a Phuisín! An bhfuil a fhios agat, dá suífeá aniar agus dá gcrosálfá do dhá ghéag ar a chéile, ba tú a samhail ghlan. Bain triail as, a mhaoineach!" Bhain Eilís an Bhanríon Dearg den bhord agus chuir ina seasamh os comhair an chaitín mar mhúnla í, le go ndéanfadh an caitín aithris uirthi. Is beag rath a bhí air sin, áfach, mar nach lúbfadh an caitín a ghéaga i gceart. Mar sin, d'ardaigh Eilís an caitín os comhair an scátháin mar phionós, chun go bhfeicfeadh sí an pus a bhí uirthi féin—"agus mura mbeidh tú go maith macánta gan mhoill," a dúirt sí, "cuirfidh mé tríd isteach i dTeach an Scátháin thú. Conas mar a thaitneodh sé sin leat?

"Anois, a Phuisín, má éisteann tú go hairdeallach liom, agus gan a bheith ag caint an oiread sin, inseoidh mé duit na tuairimí uile go léir atá agam faoi Theach an Scátháin. Ar an gcéad dul síos tá seomra ann is féidir leat a fheiceáil sa scáthán—tá sé go díreach glan ar aon dul leis an seomra suí seo againne ach go dtéann na rudaí ann an bealach contrártha. Nuair a théim in airde ar chathaoir feicim gach uile chuid de ach an méid sin atá go díreach ar chúl an tinteáin. Faraor nach féidir liom an chuid sin féin a fheiceáil! B'aoibhinn liom fios a bheith agam an mbíonn tine acu sa gheimhreadh. Ní féidir leat a rá, tá a fhios agat, go dtagann deatach aníos as an tine seo againne agus go dtagann deatach aníos thall freisin—ach d'fhéadfadh sé nach bhfuil sa mhéid sin ach cur i gcéill, le tabhairt le tuiscint go bhfuil tine acu. Bhuel, tá cosúlacht éigin idir a gcuid leabhar siadsan agus na leabhair seo againne, ach go contrártha a théann na focail. Tá sé sin ar eolas agam mar choinnigh mé leabhar suas chun an scátháin, agus ansin coinnítear leabhar suas thall chomh maith.

"Cé mar a thaitneodh sé leat a bheith i do chónaí i dTeach an Scátháin, a Phuisín? Meas tú an dtabharfaidís bainne duit istigh ann? B'fhéidir nach bhfuil aon mhaith mar dheoch i mbainne an Scátháin. Ach, a Phuisín, tá ceist an phasáiste freisin ann. Má fhágann tú doras an tseomra suí seo againne ar

leathanoscailt, feicfidh tú fíorbheagán de phasáiste Theach an Scátháin; tá sé an-chosúil leis an bpasáiste seo againne chomh fada agus is féidir le duine a dhéanamh amach, ach d'fhéadfadh sé a bheith an-éagsúil níos faide anonn. A Phuisín, nár bhreá an rud é dá bhféadfaimis dul isteach i dTeach an Scátháin! Táim cinnte gur álainn ar fad na nithe atá ann! Ligimis orainn féin, a Phuisín, go bhfuil bealach éigin againn le dul isteach ann. Ligimis orainn féin gur tháinig boige sa ghloine mar a bheadh éadach éadrom ann. Féach, tá sé ag déanamh ceo éigin, dar m'anam! Beidh sé sách éasca dul tríd—" Bhí sí ar an matal agus í á rá sin, ach is ar éigean a bhí a fhios aici conas a tháinig

sí aníos. Agus go deimhin bhí an ghloine ag tosú ag leá, mar a bheadh ceo geal airgid.

Faoi cheann nóiméad eile bhí Eilís tar éis dul tríd an ngloine. Léim sí anuas go héadrom isteach i seomra an Scátháin. Ba é an chéad rud a rinne sí féachaint an raibh tine thíos ann, agus is uirthi a bhí an t-áthas nuair a chonaic sí go raibh bladhaire tine sa tinteán chomh croíúil leis an tine a d'fhág sí ina diaidh ar an taobh eile. "Beidh mé chomh te anseo agus a bhí mé sa seanseomra," arsa Eilís léi féin. "Is teo a bheidh mé, go deimhin, mar níl aon duine anseo chun mé a bhaint ón tine go mímhúinte. Nach iontach an spórt a bheidh agam nuair a fheicfear abhus anseo mé tríd an scáthán, ach nach mbeifear in ann mé a leanúint!"

Thosaigh Eilís ag breathnú ina timpeall ansin agus thug sí faoi deara gur choitianta neamhspéisiúil gach dá raibh le feiceáil ón seanseomra, ach gur éagsúil ar fad ar fad gach rud eile dá raibh ann. Na pictiúir ar an mballa in aice leis an tine, cuir i gcás, bhí cuma bheo orthu, agus an clog féin (tá a fhios agat nach bhfeiceann tú ach a dhroim sa Scáthán), aghaidh seanduine bhig a bhí air agus rinne sé miongháire léi.

"Ní choinnítear an seomra seo chomh néata leis an gceann thall," arsa Eilís léi féin, mar thug sí faoi deara go raibh roinnt de na fir fichille ar an tinteán sa ghríosach. Ach i gceann nóiméid eile lig sí liú beag iontais aisti agus chuaigh sí síos ar a ceithre dhearna ag féachaint orthu. Bhí na fir fichille ag siúl timpeall ina mbeirteanna!

"Seo iad an Rí Dearg agus an Bhanríon Dearg," arsa Eilís (de chogar ar eagla go scanródh sí iad), "agus sin iad an Rí Bán agus an Bhanríon Bhán ina suí ar cholbha na sluaiste—agus seo dhá chaiseal ag siúl timpeall ar uillinn a chéile—ní dóigh liom go gcloiseann siad mé," a dúirt sí agus í ag cromadh síos tuilleadh, "Táim ionann agus cinnte nach bhfeiceann siad mé. Airím ar shlí éigin nach féidir mé a fheiceáil—"

Ansin thosaigh rud éigin ag bíogarnach ar an mbord ar chúl Eilíse. Chas Eilís a cloigeann agus chonaic sí ceann de na ceithearnaigh bhána ag iompú agus ag tosú ar chiceáil: bhí súile Eilíse ar bior nó go bhfeicfeadh sí cad é an chéad rud eile a thitfeadh amach.

"Is é guth mo pháiste atá ann!" arsa an Bhanríon Bhán in ard a cinn agus leag sí an Rí sa ghríosach le teann an tsiúil a bhí aici ag deifriú thairis. "Lile mo chroí! Mo chaitín beag impiriúil!" a dúirt sí de bhéic agus thosaigh sí ag dreapadh suas an fiondar agus í as a céill le himní.

"Mo sheafóid bheag impiriúil!" arsa an Rí agus é ag cuimilt a láimhe dá shrón, a gortaíodh beagán sa leagan a baineadh as. Má chuir iompar na Banríona isteach air, thuigfeá é sin dó, mar bhí sé clúdaithe ar fad le luaithreach ó bhaithis go bonn.

Ba mhór ba mhaith le hEilís cúnamh a thabhairt, mar bhí Lile bheag ag screadaíl chomh tréan sin gur dhócha go gcuirfeadh sí taom uirthi féin. Dá bhrí sin thóg Eilís an Bhanríon gur leag ar an mbord taobh lena hiníon bheag ghlórach í.

Tháinig snag sa Bhanríon agus shuigh sí síos. Bhain an turas tapa tríd an aer an anáil di agus go ceann nóiméid nó dhó ní fhéadfadh sí tada a dhéanamh ach Lile bheag a fháscadh lena croí gan focal a rá. A thúisce is a bhí sí in ann a hanáil a tharraingt, ghlaoigh sí ar an Rí Bán, a bhí ina shuí sa luaithreach agus pus air. "Seachain an bolcán!" a dúirt sí.

"Cén bolcán?" arsa an Rí agus bhreathnaigh sé isteach sa tine, amhail is dá mba é an áit é ba dhóichí leis bolcán a bheith ar fáil.

"Séideadh—suas—anseo—mé," arsa an Bhanríon agus saothar uirthi i gcónaí. "Ar a bhfaca tú riamh, tar—aníos mar ba nós leat riamh—ná séidtear aníos thú!"

Bhreathnaigh Eilís ar an Rí agus é ag streachailt go mall aníos na barraí. Sa deireadh thiar dúirt sí, "Féach, tógfaidh sé uaireanta an chloig ort an bord a shroicheadh ar an táin sin. Bheadh sé chomh maith agam lámh chúnta a thabhairt duit, nach mbeadh?" Ach níor thug an Rí aon aird ar an gceist sin aici. Ba léir nach bhfaca is nár chuala sé í.

Ach thóg Eilís go han-séimh é agus d'ardaigh é ní ba mhoille ná a rinne sí leis an mBanríon, sa chaoi nach mbainfeadh sí an anáil de: ach, sular leag sí ar an mbord é, chonacthas di nár mhiste é a ghlanadh beagán, mar bhí sé faoi aon bhrat amháin luaithrigh.

Dúirt sí ina dhiaidh sin nach bhfaca sí riamh roimhe a leithéid de strainc agus a rinne an Rí nuair a fuair sé é féin á choinneáil thuas san aer ag lámh dhofheicthe agus an deannach á bhaint de: bhí an oiread iontais air nach raibh gíoc as, ach mhéadaigh ar a dhá shúil is ar a bhéal is chuaigh siad i gcruinne, go dtí gur thosaigh lámh Eilíse ag crith le teann gáire agus is beag nár thit sé uaithi ar an urlár.

"Ó, ná cuir na strainceanna sin ort féin, a mhaoineach!" arsa Eilís os ard, agus í ag dearmad nach gcloisfeadh an Rí í. "Tá tú ag baint an oiread gáire asam gur ar éigean is féidir liom thú a choinneáil socair! Agus ná coinnigh do bhéal ar leathanoscailt mar sin! Rachaidh an luaith uile go léir isteach ann—féach, is dóigh liom go bhfuil tú sách néata anois!" a dúirt sí agus shlíoc sí síos a chuid gruaige agus leag ar an mbord in aice leis an mBanríon é.

Thit an Rí ar a dhroim láithreach bonn agus níor chorraigh. Bhí iarracht d'imní ar Eilís faoina ndearna sí, agus chuaigh sí timpeall an tseomra go bhfaigheadh sí uisce in áit éigin a chaithfeadh sí air. Ní bhfuair sí tada, áfach, ach buidéal dúigh, agus nuair a d'fhill sí ar an Rí agus an dúch léi, bhí sé tagtha chuige féin agus bhí sé féin agus an Bhanríon ag comhrá le chéile go heaglach de chogar—bhí siad ag caint chomh híseal go mba é dícheall Eilíse é iad a chloisteáil.

"Geallaimse duit, a chroí," arsa an Rí, "gur fhuaraigh an fhuil ionam go dtí barr m'fhéasóg leicinn!"

"Níl aon fhéasóg leicinn ort," arsa an Bhanríon mar fhreagra air.

"Uafás agus eagla an nóiméid sin," arsa an Rí agus é ag leanúint air, "ní dhéanfaidh mé dearmad orthu go deo na ndeor!"

"Déanfaidh tú dearmad, cinnte, mura mbreacfaidh tú síos nóta faoi."

Ba mhór é spéis Eilíse nuair a chonaic sí gur bhain an Rí leabhrán ollmhór nótaí as a phóca agus gur thosaigh ag scríobh. Bhuail smaoineamh go tobann í, agus rug sí ar cheann an phinn luaidhe, a bhí níos airde ná maoil a ghualainne, agus thosaigh ag scríobh dó.

Chuir sé sin mearbhall ar an Rí agus tháinig cuma mhísona air. Throid sé in éadan an phinn luaidhe ar feadh píosa gan tada a rá; ach bhí Eilís róláidir dó. Sa deireadh thiar dúirt sé agus gearranáil air, "A chroí, ní mór dom peann luaidhe a fháil is lú ná seo. Ní féidir liom é a láimhseáil ar chor ar bith. Scríobhann sé rudaí nach bhfuil ar intinn agam a scríobh in aon chor—"

"Cé na rudaí?" arsa an Bhanríon, agus í ag breathnú sa leabhar (bhí na focail seo scríofa ag Eilís ann: "*Tá an Ridire Bán ag sleamhnú anuas an priocaire. Tá sé deacair dó é féin a choinneáil cothrom*"). "Ní nóta de do chuidse mothúchán é sin!" arsa an Bhanríon.

Bhí leabhar ina luí in aice le hEilís ar an mbord, agus chomh fada is a bhí sí ag féachaint ar an Rí Bán (mar bhí beagán imní uirthi faoi i gcónaí, agus bhí an dúch ullamh aici ar fhaitíos go dtitfeadh sé i laige arís), d'iompaigh sí na leathanaigh go bhfaigheadh sí sliocht le léamh ann, "—mar tá sé i dteanga nach bhfuil agam," a dúirt sí léi féin.

Seo mar a bhí sé:

Geabairleog

Briollaic a bhí ann; bhí na tóibhí sleo
ag gírleáil 's ag gimleáil ar an taoif.
B'an-chuama go deo na borragóibh
is bhí na rádaí míseacha ag braíomh.

Chuir sé sin mearbhall ar Eilís go ceann fada ach sa deireadh rith smaoineamh cliste léi:

"Ar ndóigh is leabhar Scátháin é! Má choinním suas le scáthán é, beidh na focail an bealach ceart arís."

Seo é an dán a léigh Eilís ar an gcaoi sin:

Geabairleog

Briollaic a bhí ann; bhí na tóibhí sleo
ag gírleáil 's ag gimleáil ar an taof.
B'an-chuama go deo na borragóibh
is bhí na rádaí miseacha ag braíomh.

Fainic an Gheabairleog, a mhic!
na gialla géara, greim na gcrúb!
Fainic an Gumailéan is teith
ó Bhandarsnap na bhfriúch!

Thóg sé bórpalchlaíomh 'na ghlac
is lorg i bhfad an manann-namhaid.
Faoin gcniogaidchrann a dhein sé reast
is mhachnaigh seal san áit.

Is é 'na sheasamh faoi ufmhidheamhain,
bhuifleáil an Gheabairleog an treo,
trín tulach-choill—ba lasta a súil—
is í ag plobaireacht insa ród.

'Aon 'dó, 'aon 'dó, trí fhéith, trí fheoil
do ghearr a bhórpalchlaíomh slis! sleais!
Thit an beithíoch marbh; do thóg sé a cheann,
is go frábhógach rith sé ar ais.

Ar mharaigh tú mar sin an Gheabairleog?
Gabh i leith chúm anall a mhic mo bhéibh!
Nach fraoibiúil an lá! Hurú! Hurá!
a dúirt sé le scliogar a scléip.

Briollaic a bhí ann; bhí na tóibhí sleo
ag gírleáil 's ag gimleáil ar an taof.
B'an-chuama go deo na borragóibh
is bhí na rádaí miseacha ag braíomh.

"Is rídheas an chuma atá air sin," arsa Eilís, nuair a bhí an dán léite aici, "ach tá sé beagán dothuigthe!" (An dtuigeann tú, níor mhaith léi admháil nach bhféadfadh sí ciall ar bith a bhaint as.) "Líonann sé mo cheann de smaointe—ach níl a fhios agam go díreach cad iad féin! Is léir, áfach, gur mharaigh duine éigin rud éigin, cibé scéal é—

"Ó!" arsa Eilís léi féin ag éirí de phreab, "mura ndéanfaidh mé deifir beidh orm dul ar ais tríd an Scáthán, sula mbeidh an chuid eile den teach feicthe agam. Breathnaímis ar an ngairdín ar dtús!" Siúd amach as an seomra í agus rith sí síos an staighre—ní rith a rinne sí le ceart, ach fuair sí bealach nua chun dul síos staighre go tapa is go héasca. Choinnigh sí barr a méar ar ráille an bhalastair, agus shnámh sí anuas go réidh gan ligean dá cosa teagmháil leis na steipeanna; d'eitil sí ar aghaidh tríd an halla ansin, agus rachadh sí go díreach tríd an doras ar an gcaoi chéanna, murach gur rug sí ar lámh an dorais. Bhí meadhrán ag teacht uirthi de bharr a bheith ag snámh idir an t-aer agus an talamh, agus bhí sí sásta go maith nuair a d'airigh sí í féin ag siúl mar ba ghnách arís.

CAIBIDIL II

Gairdín na mBláthanna Beo

"Is fearr i bhfad a d'fheicfinn an gairdín," arsa Eilís léi féin, "dá bhféadfainn seasamh ar mhullach an chnoic úd thoir. Seo cosán atá ag dul go díreach chomh fada leis—ar a laghad, ní hea, ní ag dul soir atá sé ar chor ar bith—" (tar éis di dul roinnt slat ar feadh an chosáin agus dul timpeall cúpla coirnéal géar), "ach is dóigh liom go dtabharfaidh sé soir sa deireadh mé. Nach aisteach an cor atá ann! Is mó is cosúil le corcscriú ná le cosán é! Féach, téann an casadh seo chuig an gcnoc, is dócha—ní théann, muise! Siar ar ais chuig an teach atá sé ag dul! Bainfidh mé triail as dul an treo eile."

Agus ba é sin an rud a rinne sí, agus í ag fánaíocht timpeall suas agus anuas, ag baint trialach as casadh amháin nó as casadh eile, ach thagadh sí gach aon uair anoir chuig an teach, is cuma cad a dhéanfadh sí. Go deimhin, uair amháin a chas sí timpeall coirnéil beagán ní ba thapúla ná mar ba ghnách léi, gur bhuail sí faoin teach de rith sular fhéad sí í féin a chosc.

"Níl aon mhaith a bheith ag caint," arsa Eilís agus í ag breathnú ar an teach amhail is dá mbeadh sé ag argóint léi. "Nílim ag dul isteach arís. Tá a fhios agam go gcaithfinn dul tríd an Scáthán arís—ar ais sa seanseomra—agus b'ionann é sin agus deireadh a bheith leis an eachtra uile go léir!"

Mar sin d'iompaigh sí a cúl go diongbháilte leis an teach agus thosaigh ar a slí soir an cosán uair amháin eile, mar bhí rún daingean aici leanúint ar aghaidh go sroichfeadh sí an cnoc. D'éirigh go breá léi ar feadh cúpla nóiméad agus bhí sí ag rá léi féin "Sroichfidh mé an cnoc an uair seo—" nuair a chas an cosán go tobann agus chroith é féin (is mar sin a chuir sí síos ina dhiaidh sin ar an rud a tharla), agus an chéad rud eile is amhlaidh a bhí sí ag siúl an doras isteach.

"Och," a dúirt sí de liú, "is uafásach an cás é! Ní fhaca mé riamh teach ba mhó a bheadh sa bhealach ar dhuine. Ní fhacas sin!"

Bhí an cnoc le feiceáil i gcónaí, áfach, agus ní raibh tada le déanamh ach tosú as an nua arís. An babhta seo is amhlaidh a tháinig sí ar cheapach mhór bláthanna a raibh nóiníní ar feadh a grua agus crann sailí ag fás ina lár.

"A Lile Bhreac," arsa Eilís le bláth álainn a bhí ag luascadh sa ghaoth, "faraor nach bhfuil caint agat!"

"Ach tá caint againn," arsa an Lile Bhreac, "nuair a bhíonn duine thart ar fiú comhrá leis.'

Chuir sé sin an oiread iontais ar Eilís gur fhág sé gan urlabhra ar feadh píosa í. Bhain an scéal an anáil di. Sa deireadh, toisc nach ndearna an Lile Bhreac ach coinneáil uirthi ag luascadh san aer, labhair Eilís arís go faiteach agus dúirt i gcogar nach mór, "Agus an bhfuil caint ag na bláthanna uile go léir?"

"An oiread cainte is atá agat féin," arsa an Lile Bhreac, "agus is airde a labhraíonn siad ná tusa."

"Is drochmhúinte an mhaise dúinn forrán a chur ar dhuine, tá a fhios agat," arsa an Sceach Róis, "agus bhí mise ag fiafraí díom féin cén uair a labhrófá. Is amhlaidh a dúirt mé liom féin, 'Tá ciall éigin le brath ar a haghaidh sise, bíodh nach cliste an aghaidh í.' Ach is é an dath ceart atá ort ar aon chuma, agus ní beag sin."

"Is cuma liomsa faoin dath," arsa an Lile Bhreac. "Is trua nach mbeadh a cuid peiteal casta aníos tuilleadh nó bheadh sí ceart go leor."

Níor thaitin an cáineadh sin le hEilís. Ach thosaigh sí ag cur ceisteanna orthu: "Nach mbíonn eagla oraibh in bhur seasamh amuigh anseo gan aon duine agaibh a thabharfadh aire daoibh?"

"Tá an crann sin ann i lár na ceapaí," arsa an Rós. "Cén mhaith eile atá ann?"

"Ach cén mhaith a bheadh ann, dá mbeadh duine éigin ag bagairt oraibh?"

"Chuirfeadh an crann scáth air," arsa an Rós.

"Ligfeadh a bhrainsí scréach uafásach. Rachadh sé le craobhacha!" a dúirt Nóinín. "Sin é an fáth a dtugtar craobhacha orthu!"

"Nach raibh sé sin ar eolas agat?" arsa Nóinín eile, agus ag an bpointe sin thosaigh siad uile go léir ag béiceadh in éineacht, sa chaoi nach raibh le cloisteáil aici ach a nglórtha beag caola. "Éistigí bhur mbéal, gach aon cheann díbh!" arsa an Lile Bhreac go hard agus í á luascadh féin go tréan ó thaobh go taobh agus ag crith le teann feirge. "Tá a fhios acu nach féidir liom sroicheadh chomh fada leo!" a dúirt sí agus saothar uirthi, agus chrom sí a ceann creathach i dtreo Eilíse, "nó ní leomhfaidís é a dhéanamh!"

"Is cuma fúthu," arsa Eilís de ghlór caoin séimh, agus chrom sí síos chuig na nóiníní a bhí ar tí tosú arís agus dúirt sí de chogar: "Fanaigí i bhur dtost nó stoithfidh mé sibh!"

Bhí ciúnas ann láithreach, agus bhánaigh roinnt de na nóiníní bándearga.

"Sin é an chaoi!" arsa an Lile Bhreac. "Is iad na nóiníní is measa díobh uile go léir. Nuair a thosaíonn ceann díobh ag caint, labhraíonn siad go léir le chéile. An bealach atá leo, chuirfeadh sé duine ar bith beo ag feo, chuirfeadh sin!"

"Cá bhfuair tú an chaint dheas sin agat" arsa Eilís, agus í ag súil go mbainfeadh an plámás an fhearg den Lile. "Is iomaí sin gairdín a raibh mé ann roimhe seo, ach ní raibh caint ag aon bhláth iontu."

"Leag do lámh anuas ar an talamh," arsa an Lile Bhreac, "agus tuigfidh tú an fáth."

Rinne Eilís rud uirthi. "Nach crua atá sé," a dúirt sí, "ach ní fheicimse cad a bhaineann sé sin don scéal."

"I bhformhór na ngairdíní," arsa an Lile Bhreac, "is róbhog a bhíonn leapacha na mbláthanna. Mar sin bíonn na bláthanna ina gcodladh i gcónaí."

Chonacthas d'Eilís gur rímhaith an fáth é sin agus bhí ríméad uirthi fios fátha an scéil a bheith aici. "Níor smaoinigh mé air sin riamh cheana!" a dúirt sí.

"Feictear domsa nach ndéanann tú aon smaoineamh beag ná mór," arsa an Rós sách dian léi.

"Ní fhaca mé aon duine riamh ba mhó a raibh cuma na hóinsí uirthi," a dúirt Sailchuach, chomh tobann sin gur bhain sí geit as Eilís, mar nach raibh labhartha aici roimhe sin.

"Éist do bhéal!" arsa an Lile Bhreac, "Amhail is dá bhfeicfeása duine ar bith aon am! Coinníonn tú do cheann faoi na duilleoga, agus bíonn tú ag srannadh leat ansin, nach mbíonn aon eolas agat faoina bhfuil ar bun ach oiread le bachlóg!"

"An bhfuil duine ar bith eile sa ghairdín chomh maith liomsa?" arsa Eilís gan aon aird a thabhairt ar a ndúirt an Rós léi.

"Tá bláth amháin eile sa ghairdín atá in ann siúl timpeall mar thú féin," arsa an Rós. "Tá sé ag dul ó mheabhair orm conas is féidir leat é a dhéanamh—" ("Is iomaí rud a théann ó mheabhair ort," arsa an Lile Bhreac), "ach is mothallaí ise ná tusa."

"An bhfuil sí cosúil liomsa?" arsa Eilís go fiosrach, mar chuimhnigh sí go mb'fhéidir go mbeadh cailín beag eile sa ghairdín in áit éigin.

"Bhuel, tá an cruth amscaí céanna uirthi," arsa an Rós, "ach is deirge ise ná tusa—agus is giorra a cuid peiteal, is dóigh liom."

"In aon triopall dlúth atá a cuid peiteal, ar nós na dáilia nach mór," arsa an Lile Bhreac ag teacht roimpi, "ar aon chuma níl siad ar liobarna gach áit mar atá do chuidse."

"Ach ní ortsa atá an locht sa mhéid sin," arsa an Rós go cineálta, "Níl tú i mbláth do shaoil—agus níl leigheas ar na peitil a dhul trína chéile beagán."

Níor thaitin an smaoineamh sin le hEilís ar chor ar bith agus rinne sí iarracht ar an ábhar comhrá a athrú agus arsa sí "An dtagann sí amach anseo ar chor ar bith?"

"Is dócha nach fada go bhfeicfidh tú í," arsa an Rós. "Is den chineál deilgneach í."

"Cá mbíonn na dealga aici?" arsa Eilís le teann fiosrachta.

"Timpeall a cinn ar ndóigh," arsa an Rós á freagairt. "Is aisteach liom nach bhfuil dealga ortsa freisin. Shíl mé gurb é an gnáthnós é."

"Tá sí ag teacht!" a dúirt na Sála Fuiseoige. "Cloisimid a coiscéimeanna. Plimp, plimp, ar feadh ghairbhéal an chosáin!"

D'fhéach Eilís thart go díograiseach agus chonaic gurbh í an Bhanríon Dhearg a bhí i gceist acu. "Is mór mar a d'fhás sí!" an chéad rud eile a dúirt sí. Agus b'fhíor di é. Nuair a chonaic Eilís i dtosach í, ní raibh an Bhanríon ach trí horlaí ar airde—ach b'shin anois í agus leathchloigeann aici ar Eilís féin!

"Is é an t-aer friseáilte is cúis leis sin," arsa an Rós. "Is iontach folláin atá an t-aer amuigh anseo."

"Is dóigh liom go rachaidh mé chun bualadh léi," arsa Eilís. Cé go raibh na bláthanna sách inspéise, cheap sí gur bhreátha i bhfad comhrá a choinneáil le fíorbhanríon.

"Ní féidir leat é sin a dhéanamh in aon chor," arsa an Rós. "Is éard a mholfainnse duit siúl an bealach eile."

Chonacthas d'Eilís gur seafóid a bhí sa mhéid sin. Agus dá bhrí sin ní dúirt sí tada ach thosaigh láithreach ar a slí chuig an mBanríon Dhearg. Nach uirthi a bhí an t-iontas nuair a chaill sí radharc uirthi ar an bpointe boise agus fuair sí í féin ag siúl isteach an doras béil bóthair.

Bhí iarracht d'fhearg uirthi agus tharraing sí siar. Tar éis di an Bhanríon a lorg gach uile áit (thug sí faoi deara i bhfad uaithi í), cheap sí go mba mhaith an beart di féachaint le siúl an treo contráilte.

D'éirigh léi go paiteanta. Ní raibh siúlta aici ach tamall gearr nuair a bhí sí i láthair na Banríona Deirge, agus os a comhair freisin bhí an cnoc a raibh sí ar a deargdhícheall ag iarraidh é a shroicheadh.

"Cad as ar tháinig tú?" arsa an Bhanríon Dhearg, "agus cá bhfuil tú ag dul? Coinnigh do cheann aníos, labhair go deas agus ná bí ag sníomh do mhéar gan stad gan staonadh mar sin!"

Rinne Eilís rud uirthi sa mhéid sin uile, agus mhínigh sí chomh maith agus a d'fhéadfadh sí gur chaill sí a slí.

"Níl a fhios agam cad atá i gceist agat nuair a deir tú gur chaill tú do shlí," arsa an Bhanríon. "Is liomsa gach uile shlí thart anseo—ach cén fáth ar tháinig tú anseo in aon chor?" a dúirt sí ansin de ghlór ba chaoine. "Umhlaigh dom fad is a bheidh tú ag smaoineamh ar a ndéarfaidh tú. Sábhálfaidh sé am."

Chuir sé sin beagán iontais ar Eilís, ach bhí an oiread sin scátha uirthi roimh an mBanríon go raibh uirthi í a chreidiúint. "Bainfidh mé triail as nuair a rachaidh mé abhaile," arsa Eilís léi féin, "an chéad uair eile a bheidh mé déanach don dinnéar."

"Is mithid duit freagairt anois," arsa an Bhanríon agus í ag féachaint ar a huaireadóir. "Oscail do bhéal beagán eile nuair a labhróidh tú, agus abair 'a Bhanríon uasal' i gcónaí."

"Níor theastaigh uaim ach dearcadh ar an ngairdín, a Bhanríon uasal—"

"Sin é an bealach ceart," arsa an Bhanríon is leag sí lámh ar chloigeann Eilíse, rud nár thaitin léi puinn, "ach nuair a deir tú 'gairdín'—chonaic mise gairdíní agus ní bheadh sa cheann seo ach fásach i gcomórtas leo."

Ní leomhfadh Eilís sárú faoin bpointe sin ach lean sí uirthi "—agus cheap mé go bhféachfainn le dul suas go mullach an chnoic úd—"

"Nuair a deir tú 'cnoc'," arsa an Bhanríon ag teacht roimpi, "d'fhéadfainn cnoic a thaispeáint duit agus lena dtaobh ní thabharfá ach gleann ar an gcnoc úd."

"Ní thabharfainn, go deimhin," arsa Eilís, mar b'éigean di ráiteas na Banríona a bhréagnú sa deireadh lena raibh d'iontas uirthi. "Ní féidir gleann a thabhairt ar chnoc. B'ionann sin agus ráiméis—"

Chroith an Bhanríon Dhearg a cloigeann. "Is féidir leatsa 'ráiméis' a thabhairt air más áil leat, ach chuala mise ráiméis, agus i gcomórtas leis bheadh an ráiteas úd chomh ciallmhar le foclóir!"

D'umhlaigh Eilís don Bhanríon arís, mar bhí faitíos uirthi ó ghlór na Banríona gur ghoill a caint uirthi beagán. Shiúil siad beirt ar aghaidh gan focal as ceachtar acu gur shroich siad mullach an chnoic.

D'fhan Eilís ar feadh cúpla nóiméad ina tost agus í ag féachaint gach treo ar an gceantar máguaird—agus ba rí-aisteach an dúiche a bhí os a comhair amach. Bhí a lán sruthán beag ag rith caol díreach trasna ó thaobh go taobh agus bhí an talamh eatarthu roinnte suas ina pháircíní ag fálta beaga glasa a bhí ag síneadh ó shruthán go sruthán.

"Féach, tá sé marcáilte amach mar a bheadh clár mór fichille ann!" arsa Eilís sa deireadh thiar thall. "Ba chóir go mbeadh fir fichille ag gluaiseacht timpeall áit éigin—agus tá siad sin!" a dúirt sí agus aoibhneas ina glór. Thosaigh a croí ag preabadh le teann áthais fad is a bhí sí ag rá: "Is cluiche mór millteach fichille é, atá á imirt ar fud an domhain mhóir—más é seo an domhan mór, tá a fhios agat. Nach mór an spórt é! Faraor nach duine de na fir mé! Níor mhiste liom a bheith i mo Cheithearnach, dá mbeadh cead agam a bheith páirteach leo—ach ar ndóigh an rud ba mhó a thaitneodh liom ná bheith i mo Bhanríon."

Bhreathnaigh sí go cúthail ar an bhfíor-Bhanríon nuair a dúirt sí é sin, ach ní dhearna a compánach ach miongháire go lách go ndúirt, "Is furasta é sin a dhéanamh. Is féidir leatsa a bheith i do Cheithearnach ag an mBanríon Bhán, ó tharla go bhfuil Lile ró-óg le himirt fós. Is sa Dara Cearnóg a bheidh tú ar dtús. Nuair a shroichfidh tú an tOchtú Cearnóg beidh tú i do Bhanríon—" Agus ag an nóiméad sin ar chuma éigin thosaigh siad ag rith.

Ní fhéadfadh Eilís riamh a thuiscint, nuair a smaoiníodh sí ar an scéal ina dhiaidh sin, conas a thosaigh siad. Ba é ar chuimhin léi go raibh siad ag rith i lámh a chéile agus an Bhanríon ag dul chomh tapa gurbh é seacht ndícheall Eilíse é coinneáil suas léi. Ghlaodh an Bhanríon amach gan staonadh "Níos tapúla! Níos tapúla!" ach d'airigh Eilís nach bhféadfadh sí dul ní ba thapúla, cé nár fhan an anáil aici chun a leithéid a chur in iúl.

Ba é an ní ab aistí ar fad, nach n-athraíodh na crainn agus na rudaí eile ina dtimpeall a n-ionad in aon chor. Dá thapúla is a bhí siad ag rith, ní dheachaigh siad thar aon rud, de réir cosúlachta. "Meas tú, an bhfuil na rudaí eile ag gluaiseacht in éineacht linn?" arsa Eilís léi féin agus an-mhearbhall uirthi. Chonacthas di gur thomhais an Bhanríon a cuid smaointe, nó ghlaoigh sí sin "Níos tapúla! Níos tapúla!" agus tharraing sí ina diaidh í. Is ar éigean a d'éirigh le hEilís "An bhfuilimid ann, geall leis?" a rá, mar bhí an-saothar uirthi.

"An bhfuilimid ann, geall leis!" arsa an Bhanríon ag rá chaint Eilíse arís. "Féach, chuamar thar an áit deich nóiméad ó shin! Níos tapúla!" Agus rith siad leo ar feadh tamaill gan focal as ceachtar acu. Bhí an ghaoth ag feadaíl i gcluasa Eilíse agus samhlaíodh di gur ag séideadh an chloiginn di a bhí sí.

"Anois! Anois!" arsa an Bhanríon de bhéic, "Níos tapúla! Níos tapúla!" Agus rith siad chomh mear sin sa deireadh go raibh an chuma orthu gur ag eitilt tríd an aer a bhí siad, gan a gcosa a leagan ar an talamh ar chor ar bith. Ansin go tobann, nuair a bhí Eilís sáraithe ar fad, stop siad, agus fuair Eilís í féin ina suí ar an talamh, agus saothar is meadhrán uirthi.

Chuir an Bhanríon ina suí í agus a droim le crann aici, go ndúirt go lách léi, "Féadfaidh tú anois do scíth a ligean píosa."

Bhí iontas ar Eilís ag féachaint ina timpeall. "Féach, is dóigh liom go rabhamar faoin gcrann seo an t-am go léir. Tá gach uile rud go díreach mar a bhí!"

"Tá, cinnte," arsa an Bhanríon. "Cad eile ba mhaith leat?"

"Bhuel, sa dúiche seo againne," arsa Eilís, agus bhí beagán saothair i gcónaí uirthi, "dá rithfeá an-tapa ar feadh tamaill fhada, mar a rinneamarna anois beag, is iondúil go sroichfeá áit nua go hiondúil."

"Is malltriallach an cineál dúiche í!" arsa an Bhanríon. "Ach anseo, an bhfeiceann tú, bíonn ort rith chomh fada agus is féidir leat le fanacht san aon áit amháin. Má theastaíonn uait dul áit éigin eile, ní mór duit rith ar a laghad dhá uair níos tapúla ná é sin!"

"B'fhearr liom gan é a thriail, más é do thoil é! Táim go breá sásta fanacht san áit seo—ach go bhfuil an-teas is an-tart orm!"

"Tá a fhios agam cad a thaitneodh leatsa!" arsa an Bhanríon go cineálta, agus bhain sí bosca beag amach as a póca. "Bíodh briosca agat!"

Shíl Eilís gur mhímhúinte an mhaise di an briosca a dhiúltú, cé nárbh é a bhí uaithi ar chor ar bith. Ghlac sí leis mar sin, agus d'ith sí é chomh maith is a bhí sí in ann; agus bhí sé an-tur. Chreid sí nár ith sí riamh aon rud ba mhó a ghreamaigh ina scornach.

"Fad is a bheidh tusa ag baint an tarta díot," arsa an Bhanríon, "déanfaidh mise na tomhasanna." Bhain sí ribín tomhais as a póca agus thosaigh ag tomhas an talaimh agus ag cur peigeanna isteach anseo is ansiúd ann.

"Ag deireadh dhá shlat," a dúirt sí agus í ag cur peig isteach chun an t-achar a mharcáil, "tabharfaidh mé treoracha duit—bíodh briosca eile agat!"

"Ní bheidh, go raibh maith agat," arsa Eilís. "Tá mo dhíol i gceann amháin!"

"Chuir tú an tart díot, tá súil agam," arsa an Bhanríon.

Ní raibh a fhios ag Eilís conas ba chóir di an cheist sin a fhreagairt, ach ar ámharaí an tsaoil níor fhan an Bhanríon le freagra, ach lean sí uirthi "Ag ceann trí shlat inseoidh mé arís duit iad—ar eagla go ndéanfá dearmad orthu. Ag ceann ceithre shlat fágfaidh mé slán agat. Ag ceann cúig shlat, imeoidh mé!"

Bhí na peigeanna uile sa talamh aici faoin am sin, agus d'fhéach Eilís uirthi le spéis mhór fad is a tháinig sí ar ais chuig an gcrann, agus thosaigh ag siúl go mall ar feadh líne na bpeigeanna.

Nuair a shroich sí an chéad pheig, chas sí timpeall go ndúirt, "Dhá chearnóg a théann Ceithearnach sa chéad bheart a dhéanfaidh sé, tá a fhios agat. Rachaidh tú an-tapa tríd an tríú cearnóg mar sin—ar an traein, a cheapfainnse—agus beidh tú sa Cheathrú Cearnóg gan mhoill ar bith. Is le Munachar agus Manachar an chearnóg úd. Uisce is mó sa Chúigiú Cearnóg. Is le Filimín Failimín an tSéú Cearnóg—ach ní deir tú tada?"

"Níor thuig mé go raibh orm aon rud a rá ansin," arsa Eilís go briotach.

Lean an Bhanríon uirthi. "Is é an rud ba chóir duit a rá," arsa sise de ghlór dian cáinteach. "'Is fíorchineálta an mhaise duit é sin uile a mhíniú dom'—glacaimis leis amhail is dá mbeadh sé ráite—is coillte an tSeachtú Cearnóg uile go léir—taispeánfaidh duine de na Ridirí an bealach duit, áfach—agus san Ochtú Cearnóg beimid go léir inár mBanríonacha le chéile agus ní bheidh againn ach fleá agus féasta!" D'éirigh Eilís ina seasamh agus d'umhlaigh sí don Bhanríon Dhearg. Shuigh sí síos arís ansin.

Nuair a shroich an Bhanríon an chéad pheig eile, chas sí arís agus dúirt an iarraidh seo, "Mura féidir leat smaoineamh ar an ainm Gaeilge atá ar rud, labhair Fraincis—cas amach méara do chos sa tsiúl duit—agus cuimhnigh cé thú féin!" Níor fhan sí an uair sin go ndéanfadh Eilís umhlú di ach shiúil go tapa chuig an gcéad pheig eile. Chas sí ansin nóiméidín go ndúirt sí "Slán agat," agus dheifrigh go dtí an pheig dheiridh.

Ní bhfuair Eilís amach riamh conas a tharla sé, ach ní túisce a tháinig an Bhanríon go dtí an pheig dheiridh ná d'imigh sí as amharc. Ní raibh a fhios ag Eilís cé acu a d'imigh sí as ar fad nó ar rith sí an-tapa chun siúil ("agus is an-tapa an rith atá aici!" arsa Eilís léi féin). Bhí sí imithe ar aon chuma, agus chuimhnigh Eilís ansin gur Ceithearnach a bhí inti féin, agus nárbh fhada gur mhithid di a bheith ag bogadh.

CAIBIDIL III

Feithidí Aisteacha

Ar ndóigh ba é an chéad rud a chaithfeadh Eilís a dhéanamh suirbhé ghinearálta den limistéar a mbeadh sí ag taisteal ann. "Tá sé seo cosúil," arsa Eilís léi féin, "le ceacht tíreolaíochta." Bhí sí ina seasamh ar a barraicíní le dearcadh beagán níos faide ó bhaile. "Príomhaibhneacha—níl a leithéidí ann. Príomhshléibhte—táimse féin ar an aon cheann díobh sin atá ann, ach ní mheasaim go bhfuil ainm ar bith air. Príomhbhailte—féach, cad iad na hainmhithe sin atá ag déanamh meala ansiúd thíos? Ní fhéadfadh sé gur beacha iad—is léir nach bhfaca aon duine beacha míle slí uaidh riamh—" D'fhan sí ina tost ar feadh tamaill agus í ag féachaint ar cheann acu a bhí ag foluain i measc na mbláthanna, ag sá a soic iontu, "amhail is dá mba ghnáthbheach a bheadh inti go díreach," arsa Eilís léi féin.

Ach ba léir nár ghnáthbheach a bhí san ainmhí céanna. Leis an bhfírinne a dhéanamh, b'eilifint a bhí ann—mar ba léir d'Eilís sách luath, cé gur baineadh an anáil nuair a bhí a fhios sin aici. "Agus nach ollmhór na bláthanna is gá a bheith ann!" an chéad smaoineamh eile a rinne sí. "Is geall le tithe beaga iad a bhfuil a ndíonta ar iarraidh ach go bhfuil gais fúthu—agus ní foláir nó cruthaíonn siad an t-uafás meala! Is dóigh liom go rachaidh mé síos chun—ní hea, ní rachaidh mé ann go fóill beag," a dúirt sí. Choisc sí í féin nuair a thosaigh sí ag rith síos le fána an chnoic agus d'fhéach sí le leithscéal éigin a aimsiú chun casadh thart chomh tobann sin. "Ní dhéanfadh sé cúis, dá rachainn ann gan chraobh fhada a bheith agam chun iad a scuabadh chun siúil—agus nach agamsa a bheidh an spórt nuair a fhiafrófar díom conas a thaitin mo shiúlóid liom. Is éard a déarfaidh mé—'Ó, thaitin liom sách maith'—" (agus bhain sí croitheadh as a ceann ansin mar ba nós léi), "'ach bhí sé chomh te sin agus an oiread sin deannaigh san aer, agus ba mhór an crá croí na heilifintí!'"

"Is dóigh liom go rachaidh mé síos an bealach eile," a dúirt sí tar éis tamaill, "agus b'fhéidir go dtabharfainn cuairt ar na heilifintí ar ball. Ar aon chuma tá dúil mhór agam dul isteach sa Tríú Cearnóg!"

Agus an dúil sin de leithscéal aici, rith sí síos an cnoc agus léim sí thar an gcéad sruthán de na sé shruthán.

"Ticéid, más é bhur dtoil é!" arsa an Cigire agus é ag cur a chloiginn isteach ar an bhfuinneog. Is gearr go raibh a thicéad sínte amach ag gach duine. Bhí na ticéid ar aon mhéid mórán leis na daoine agus bhí siad ag líonadh an charráiste de réir cosúlachta.

"Anois, a chailín bhig, cá bhfuil do thicéadsa?" arsa an Cigire le hEilís agus púic air. Agus dúirt a lán glórtha as béal a chéile ("mar a bheadh loinneog amhráin," a dúirt Eilís léi féin), "Ná coinnigh ag fanacht é, a chailín bhig! Féach, is fiú míle punt an nóiméad a chuidsean ama!"

"Is eagal liom nach bhfuil ticéad agam," arsa Eilís go faiteach. "Ní raibh oifig ticéad san áit a bhfuair mé an traein." Dúirt na glórtha as béal a chéile arís, "Ní raibh spás ann d'oifig san áit a bhfuair sí an traein. Is fiú míle punt an t-orlach an talamh ann!"

"Ná bí ag déanamh leithscéalta," arsa an Cigire, "Ba chóir duit ceann a cheannach ó thiománaí na traenach." Arís ba clos na glórtha agus dúirt siad as béal a chéile, "An fear a thiomáineann an traein. Féach, is fiú míle punt an puth an deatach féin!"

"Ansin níl aon mhaith ag caint," a dúirt Eilís léi féin. Níor fhreagair na guthanna an uair seo í, ós rud é nár labhair Eilís, ach ba mhór é a hiontas nuair a smaoinigh siad uile go léir as béal a chéile (Tá súil agam go dtuigeann tú cad is brí le smaoineamh as béal a chéile—mar is gá domsa a admháil nach dtuigimse puinn é), "Is fearr gan tada a rá. Is fiú míle punt an focal an friotal a chuirtear ag obair!"

"Déanfaidh mé brionglóid anocht faoi mhíle punt, tá a fhios agam go ndéanfaidh," a dúirt Eilís léi féin.

Bhí an Cigire ag breathnú uirthi an fad sin go léir, trí theileascóip ar dtús, ansin trí mhicreascóip agus ansin trí ghloiní amharclainne. Dúirt sé sa deireadh thiar thall, "Is ag taisteal an bealach contráilte atá tú," agus dhún sé an fhuinneog agus d'imigh leis.

"Ba chóir do pháiste chomh hóg léi," arsa an fear uasal a bhí ina shuí os a comhair amach (agus é gléasta i bpáipéar bán), "fios a bheith aici cá bhfuil a triall, fiú mura bhfuil a hainm féin ar eolas aici!"

Bhí Gabhar ina shuí taobh leis an bhfear uasal a bhí gléasta sa pháipéar bán. Chaoch sé an dá shúil agus dúirt de ghlór ard, "Ba chóir di a bealach chuig oifig na dticéad a bheith ar eolas aici, fiú amháin mura bhfuil an aibítir ar eolas aici!"

Bhí Ciaróg ina suí le hais an Ghabhair (is rí-aisteach na paisinéirí a bhí ina suí sa charráiste gan amhras ar bith), agus ós rud é gurb é an nós a bhí ann, de réir dealraimh, go labhródh cách i ndiaidh a chéile, is amhlaidh a dúirt sise "Beidh uirthi filleadh mar bhagáiste!"

Ní fhaca Eilís cé a bhí ina shuí taobh thall den Chiaróg, ach is cársánach an guth a labhair ina dhiaidh sin. "Athraítear na hinnill—" a dúirt sé. Tháinig tocht sa ghuth ansin agus stad de chaint.

"Is dócha gur gearrán capaill atá ann," a duirt Eilís léi féin. Ansin dúirt glór beag bídeach caol in aice lena cluas, "D'fhéadfá greann a dhéanamh as sin, tá a fhios agat—'gearrán' ag 'gearán faoina phiachán' nó a leithéid."

Agus dúirt guth séimh tamall uaithi, "Ba chóir lipéad a chur uirthi a déarfadh CAILÍN BEAG – AN TAOBH SEO SUAS, tá a fhios agat—"

Agus deir na glórtha eile ("Nach iomaí sin duine atá sa charráiste!" arsa Eilís léi féin) "Caithfidh sí dul sa phost, mar tá cloigeann uirthi—", "Ní mór í chur ina teachtaireacht teileagraif—", "Ní mór di féin an traein a tharraingt an chuid eile den aistear—", agus mar sin de.

Ach an fear uasal a raibh an páipéar bán uime, chrom seisean anall agus dúirt de chogar ina cluas, "Ná tabhair aird ar bith ar a ndéarfaidh siad, a mhaoineach, ach faigh féin ticéad fillte gach uair dá stopfaidh an traein."

"Ní bhfaighead, go deimhin!" arsa Eilís beagán mífhoighneach. "Ní bhaineann an turas traenach seo liom beag ná mór. Is sna coillte a bhí mé ar ball beag—faraor nach féidir liom dul ar ais ann!"

"D'fhéadfá greann a dhéanamh as sin," arsa an guth beag caol in aice lena cluas, "'Tá tú ag cailleadh cheal na coille,' nó a leithéid, tá a fhios agat."

"Nach tú an clipeadh," arsa Eilís agus í ag féachaint thart cé uaidh a raibh an guth ag teacht. "Más mór leat greann mar sin, cén fáth nach n-inseofá féin an chraic?"

Lig an glór beag caol osna throm. Is léir go raibh an-bhrón air agus déarfadh Eilís rud cineálta leis mar shólás, "dá ligfeadh sé osna mar a ligeann daoine eile!" a dúirt sí léi féin. Ach b'iontach beag bídeach an osna í seo, agus ní chloisfeadh sí in aon chor í, murach gur tháinig sé an-chóngarach dá cluas. Tharla dá bharr sin gur cuireadh cigilt mhór inti, agus bhain sin a hintinn de bhrón an chréatúirín bhig bhoicht.

"Tá a fhios agam gur cara thú," arsa an glór beag caol ag leanúint ar aghaidh, "cara dil agus seanchara. Agus ní ghortóidh tú mé, in ainneoin gur feithid mé."

"Cén cineál feithide?" arsa Eilís agus beagán imní uirthi. An rud ar theastaigh uaithi fios a bheith aici air, an gcuirfeadh an fheithid seo cailg inti, ach cheap sí nár dhea-bhéasach an mhaise di a leithéid de cheist a chur.

"Ó, is léir mar sin nach—" arsa an glór beag caol, nuair a mhúch scréach ghéar ón inneall é, agus léim gach duine ar a chosa le teann faitís. D'éirigh Eilís mar aon le cách.

Bhí a chloigeann curtha amach ar an bhfuinneog ag an gcapall agus tharraing sé isteach é go ndúirt, "Níl ann ach sruthán atá le caitheamh de léim againn." Bhí gach uile dhuine sásta leis sin, de réir dealraimh, cé gur tháinig neirbhís bheag ar Eilís nuair a smaoinigh sí go gcaithfeadh an traein léim a chaitheamh. "Ach tabharfaidh sé isteach sa Cheathrú Cearnóg sinn," a dúirt sí léi féin, "agus is sólás éigin é sin!" I gceann nóiméid eile d'airigh sí an traein ag éirí san aer, agus toisc eagla a bheith uirthi, rug sí greim ar an rud ba thúisce chuici, agus ba é an rud sin meigeall an Ghabhair.

*   *   *   *

*   *   *

*   *   *   *

Ach chonacthas di gur leáigh an fhéasóg as agus gur imigh sí agus í ag teagmháil léi agus fuair Eilís í féin ina suí go suaimhneach faoi chrann in éineacht leis an gCorrmhíol (mar is é sin an fheithid a raibh Eilís ag caint léi) a bhí ina sheasamh ar chraoibhín go díreach os a cionn in airde. Bhí an Corrmhíol ag bualadh a chuid sciathán ag tabhairt fionnuartais d'Eilíse.

Is Corrmhíol ollmhór a bhí ann gan aon agó, "chomh mór le cearc," arsa Eilís léi féin. Ina dhiaidh sin féin níor mhothaigh sí imní ar bith ina chomhluadar, mar bhí comhrá ar bun le scaitheamh cheana féin acu.

"—bhfuil dúil agat sna feithidí uile go léir?" arsa an Corrmhíol, amhail is nár tharla tada.

"Is maith liom iad nuair a bhíonn caint acu," arsa Eilís. "Níl caint ag aon cheann díobh san áit arb as mise."

"Cé na cineálacha feithidí dúchais a chuireann comaoin ar do dhúichese?" arsa an Corrmhíol.

"Níl a fhios agam a mbím faoi chomaoin acu ar chor ar bith," arsa Eilís. "Bíonn eagla orm rompu—nó roimh na feithidí móra ar aon chuma. Ach is féidir liom a n-ainmneacha a insint duit."

"Freagraíonn siad ar ndóigh, nuair a ghlaoitear as a n-ainm orthu?"

"Níor chuala mise riamh go bhfreagraíonn."

"Cén mhaith ainm a bheith ar fheithid," arsa an Corrmhíol, "mura bhfreagraíonn sí nuair a chloiseann sí é?"

"Níl maith ar bith dóibhsean," arsa Eilís, "ach is mór an gar é do na daoine a chuireann ainm orthu, is dóigh liom. Mura mbeadh maith ar bith ann, cén fáth a mbeadh ainm ar rud ar bith?"

"Ní fhéadfainn a rá," arsa an Corrmhíol. "Níos faide anonn, thíos sa choill úd thíos, níl aon ainm ar aon rud—ach lean ort le do liosta feithidí. Tá tú ag cur ama amú."

"Bhuel, tá an Creabhar Capaill ann," a dúirt Eilís a chéaduair, agus í ag comhaireamh na n-ainmneacha ar a méara.

"Maith go leor," arsa an Corrmhíol, "leath bealaigh suas an tor sin feicfidh tú an Creabhar Capaill Maide, má bhreathnaíonn tú. Is as adhmad atá sé déanta, agus luascann sé ó chraobh go craobh nuair a theastaíonn uaidh gluaiseacht."

"Cad a itheann sé?" arsa Eilís ó theastaigh fios uaithi.

"Súlach crann agus min sháibh," arsa an Corrmhíol. "Lean ort leis an liosta."

D'fhéach Eilís ar an gCreabhar Capaill Maide agus ba ríspéisiúil an créatúr é. Bhí Eilís cinnte nárbh fhada ó cuireadh cóta péinte air, bhí sé chomh gléineach greamaitheach sin. Lean sí uirthi.

"Agus tá an Chuileog Bhealtaine ann."

"Féach ar an gcraobh os do chionn in airde," arsa an Corrmhíol, "agus feicfidh tú ann an Chuileog Nollag. Is as maróg plumaí a dhéantar a colainn. Agus is de dhuilleoga cuilinn a sciatháin agus is ionann a cloigeann agus rísín ar maos i mbranda agus é faoi bharr lasrach."

"Agus cad a itheann sí?" a deir Eilís mar a dúirt cheana.

"Císte milis agus pióg Nollag," arsa an Corrmhíol á freagairt, "agus is i mbosca bronntanais Nollag a dhéanann sí a nead."

"Ansin tá an Féileacán againn," arsa Eilís ag leanúint dá liosta, tar éis di féachaint go han-ghéar ar an bhfeithid a raibh a ceann trí thine, agus d'fhiafraigh sí di féin, "Meas tú, an é sin an fáth a dtaitníonn leis na feithidí eitilt i lasracha coinnle—toisc gur bhreá leo Cuileoga Nollag a dhéanamh díobh féin?"

"Feicfidh tú an Féasta-is-Féileacán ag lámhacán ag do chosa," arsa an Corrmhíol (Tharraing Eilís a dhá cos siar agus faitíos uirthi). "Is as slisíní tanaí de bhuilín a dhá sciathán, is píosa de cháca a colainn agus is cnapán siúcra a ceann."

"Agus cad a itheann an fheithid sin?"

"Tae éadrom a bhfuil uachtar air."

Rith rud eile le hEilís ansin. "Cuir i gcás nach bhfaigheadh sé tada de sin?" a dúirt sí.

"Gheobhadh sé bás ansin, ar ndóigh."

"Ach is dócha go dtarlaíonn sé sin sách minic," arsa Eilís go smaointeach.

"Tarlaíonn sé i gcónaí," arsa an Corrmhíol.

Bhí Eilís ar a marana ina dhiaidh sin agus ní dúirt sí focal ar bith go ceann tamaill. Idir an dá linn bhí an Corrmhíol ag déanamh spóirt dó féin ag eitilt timpeall chloigeann Eilíse agus é ag crónán; thuirling sé arís ar deireadh agus dúirt, "Is dócha nár mhaith leat d'ainm a chailleadh?"

"Níor mhaith go deimhin," arsa Eilís agus beagán imní uirthi.

"Níl a fhios agam," arsa an Corrmhíol go réchúiseach: "nach áisiúil an ní a bheadh ann, dá bhféadfá dul abhaile agus d'ainm caillte agat! Cuir i gcás go dteastódh ón mbanoide glaoch ort chuig do chuid ceachtanna, is éard a déarfadh sí 'Gabh i leith chugam, a—,' agus bheadh uirthi stad ansin, mar nach mbeadh ainm ar bith aici le tabhairt ort. Agus ar ndóigh níor ghá duit dul chuici, is dócha."

"Ní dhéanfadh sé sin cúis in aon chor," arsa Eilís. "Ní smaoineodh an banoide go deo ar ligean dom ceachtanna a chailleadh. Mura gcuimhneodh sí ar m'ainm, is amhlaidh is '*Miss*' a thabharfadh sí orm, go díreach mar a dhéanann na seirbhísigh."

"Mura mbeadh aici ach '*Miss*' le rá leat," arsa an Corrmhíol, "bheadh cead agat do chuid ceachtanna a mhiosáil. Cúis gháire chugainn! Faraor nach tusa a dúirt é!"

"Cén fáth ar mhaith leat gur mise a déarfadh é? Is bocht an greann atá ann go deimhin."

Ní dhearna an Corrmhíol ach osna dhomhain a ligean, fad is a bhí dhá dheoir mhóra ag sileadh anuas a leiceann.

"Ba chóir duit éirí as an ngreann, má chuireann sé an oiread sin bróin ort," arsa Eilís.

Chualathas ansin ceann de na hosnaí beaga brónacha sin, agus chonacthas d'Eilís an uair seo go ndearna an Corrmhíol an oiread sin osnaíola gur shéalaigh sé as ar fad, mar d'fhéach sí suas agus ní raibh tada le feiceáil ar an gcraobh. Ós rud é go raibh fuacht ag teacht uirthi agus í ag fanacht go socair, d'éirigh sí ar a cosa agus shiúil léi.

Níorbh fhada gur shroich sí páirc oscailte agus coill lastall di. Ba dhorcha go mór an chuma a bhí uirthi ná ar an gcoill dheireanach a raibh sí inti. D'fhág sé sin gur bhraith Eilís beagán scátha agus í ag dul isteach ann. Ach nuair a rinne sí athsmaoineamh ar an scéal, chonacthas di gur chóir di dul ar aghaidh, "mar is cinnte nach rachaidh mé ar gcúl," a dúirt sí léi féin, agus ba é seo an t-aon bhealach amháin chuig an Ochtú Cearnóg.

"Caithfidh gurb í seo an choill," arsa Eilís ar a marana di, "nach mbíonn ainmneacha ar rudaí inti. Ní fheadar cad a bhainfidh do m'ainmse, nuair a rachaidh mé isteach? Níor mhaith liom é a chailleadh ar chor ar bith—mar chaithfí ceann nua a thabhairt dom, agus níos dóichí ná a mhalairt is ainm míbhinn a bheadh ann. Ach ansin bheadh an-spórt agam ag fiosrú cé aige a mbeadh m'ainmse! Bheadh sé sin an-chosúil leis na fógraí sna nuachtáin, tá a fhios agat, nuair a chailleann daoine madraí—*'tagann sé i leith nuair a ghlaoitear "Bran" air; bhí coiléar práis faoina mhuineál'*—cuimhnigh ar ghlaoch ar gach uile mhadra go dtí go dtabharfaidh ceann amháin díobh aird ort! Ach ní thabharfadh ceann ar bith aird ort, dá mbeadh ciall aige."

Bhí sí ag spalpadh léi mar sin nuair a shroich sí an choill, a raibh cuma fhionnuar fhoscúil uirthi. "Bhuel, is mór an sásamh é," arsa Eilís léi féin agus í ag siúl faoi na crainn, "tar éis a bheith chomh te sin ag teacht isteach sa—sa—sa *cad é féin?*" a dúirt sí léi féin, agus b'ionadh léi nach raibh sí in ann cuimhneamh ar an bhfocal ceart. "Is éard atá i gceist agam, teacht faoin—faoin rud seo, arú!" agus leag sí a lámh ar stoc an chrainn. "Cén t-ainm atá air féin, meas tú? Feictear dom nach bhfuil ainm ar bith air—táim cinnte nach bhfuil!"

D'fhan sí tamall ina tost agus í ar a marana. Thosaigh sí go tobann arís. "Tá sin amhlaidh go cinnte air, tar éis an tsaoil! Anois cé mé féin? Cuimhneoidh mé go cinnte air, más féidir liom é. Tá rún daingean agam cuimhneamh air!" Ach ba bheag an chabhair di an rún diongbháilte a bhí aici, agus i ndiaidh mórán diansmaoinimh, níorbh fhéidir léi ach a rá, "L, tá a fhios agam gur le L a thosaíonn m'ainm!"

Ní túisce a dúirt Eilís é sin, ná tháinig Oisín ag rith máguaird. D'fhéach a shúile móra caoine ar Eilís, ach, de réir cosúlachta, dheamhan eagla dá laghad a bhí air roimpi. "Gabh i leith! Gabh i leith!" arsa Eilís leis agus shín sí amach a lámh chuige agus rinne iarracht an tOisín a shlíocadh. Chúb sé beagán, agus ansin sheas sé ag breathnú uirthi arís.

"Cad a thugann tú ort féin?" arsa an tOisín ar deireadh. Nach bog binn an glór a bhí aige!

"Faraor nach bhfuil a fhios agam!" arsa Eilís bhocht léi féin. D'fhreagair sí an tOisín go brónach agus dúirt, "Ní thugaim tada orm féin faoi láthair."

"Smaoinigh arís," arsa an tOisín. "Ní leor an freagra sin."

Smaoinigh Eilís arís ach ba bheag an mhaith di é. "An inseoidh tú dom le do thoil, cad a thugann tú ort féin?" a dúirt sí go cúthail. "Ceapaim go mb'fhéidir go gcabhródh sé sin liom beagán."

"Inseoidh mé duit, má thagann tú liom tamall eile," arsa an tOisín. "Ní cuimhin liom istigh sa choill seo."

Shiúil siad le chéile mar sin ar a n-aghaidh tríd an gcoill. Bhí lámha Eilíse fillte go grámhar timpeall mhuineál mín bog an Oisín, gur tháinig siad amach as an gcoill agus isteach i bpáirc oscailte eile. Thug an tOisín pocléim thobann in airde ansin agus shaor sé é féin ó ghéaga Eilíse. "Oisín atá ionam!" a dúirt sé de bhéic agus aoibhneas ar a ghlór, "agus, a mhuiricín, is páiste daonna thusa!" Tháinig féachaint faitís go tobann ina shúile áille donna agus i gcionn nóiméid eile d'imigh sé uaithi ina tháinrith.

Sheas Eilís ag dearcadh ina dhiaidh. Is beag nach raibh sí réidh le gol lena raibh de dhíomá uirthi faoina thobainne is a chaill sí a comhthaistealaí beag caomh. "Ach tá m'ainm féin ar eolas agam anois," a dúirt sí, "agus is sólás éigin an méid sin féin. Eilís—Eilís—ní dhéanfaidh mé dearmad air arís. Anois, meas tú cén ceann de na méara eolais seo is ceart dom a leanúint?"

Níor ródheacair an cheist í le freagairt, toisc nach raibh ach bóthar amháin tríd an gcoill agus bhí an dá mhéar eolais ag taispeáint an treo sin. "Socróidh mé an scéal," arsa Eilís léi féin, "nuair a scarfaidh an bóthar ina dhá chuid agus nuair a bheidh na méara eolais ag taispeáint bealaí éagsúla."

Ach ba bheag an chuma a bhí ar an scéal go dtarlódh a leithéid. Shiúil sí léi ar feadh i bhfad, ach gach uair a scaradh an bóthar, is cinnte go mbíodh an dá mhéar i gcónaí ag taispeáint an aon bhealaigh amháin. "CHUIG TEACH MHUNACHAIR" a bhíodh scríofa ar cheann amháin agus "CHUIG TEACH MHANACHAIR" ar an gceann eile.

"Is dóigh liom," arsa Eilís sa deireadh, "gur san aon teach amháin atá cónaí ar an mbeirt acu! Is aisteach nár smaoinigh mé air sin roimhe seo—Ach ní féidir liom fanacht rófhada ann. Buailfidh mé isteach acu go ndéarfaidh mé 'Conas atá sibh?' agus fiafróidh mé díobh cad é an bealach amach as an gcoill.

Ba bhreá liom bheith san Ochtú Cearnóg sula dtitfeadh an oíche!" Shiúil sí ar aghaidh mar sin, agus í ag caint léi féin sa tsiúl di. Ansin, nuair a chuir sí coirnéal géar di, tháinig sí chomh tobann sin ar bheirt fhiríní ramhra, nár fhéad sí gan chúbadh beagán uathu. Faoi cheann nóiméid eile, áfach, tháinig sí chuici féin agus bhí sí cinnte gurbh iad na fir bheaga sin Munachar agus Manachar.

CAIBIDIL IV

Munachar agus Manachar

Bhí siad ina seasamh faoi chrann, a lámha thart ar mhuineál a chéile, agus ba léir d'Eilís cén duine gach éinne díobh mar gur "MUN" a bhí fuaite ar bhóna duine acu agus "MAN" ar bhóna an duine eile. "Is dócha go bhfuil 'ACHAR' le feiceáil ar chúl an bhóna," arsa Eilís léi féin.

Bhí siad ina seasamh chomh ciúin socair sin gur dhearmad Eilís gur neacha beo iad, agus bhí sí ar tí féachaint an raibh "ACHAR" ar chúl na mbónaí, nuair a bhain guth ón duine a raibh "MUN" scríofa air geit aisti.

"Más dóigh leat gur taispeántas dealbh céarach muid," a dúirt sé, "ba chóir duit táille a íoc, tá a fhios agat. Ní dhearnadh dealbha céarach le breathnú saor in aisce orthu. Ní dhearnadh ar chor ar bith!"

"Ar an taobh eile," arsa an té a raibh "MAN" scríofa air, "má cheapann tú gur beo dúinn, ba chóir duit labhairt."

Ní fhéadfadh Eilís tada a rá ach "Tá an-bhrón orm, tá sin." Is amhlaidh a bhí focail an tseanamhráin ag rith trína ceann mar a bheadh ticeáil chloig, agus is ar éigean a bhí sí in ann í féin a chosc gan iad a rá os ard:—

“Bhí Munachar agus Manachar
le troid i gcomhrac crua,
mar leag Munachar ar Mhanachar
gur bhris sé a ghligín nua.

Tháinig préachán ollmhór os a gcionn,
a bhí chomh dubh le dath na hairne,
is scanraigh an bheirt chomh dona sin
nár chuimhin leo cúis na spairne.”

“Tá a fhios agamsa cad air a bhfuil tú smaoineamh,” arsa Munachar, “ach ní fíor duit é ar chor ar bith bith.”

“Ar an taobh eile,” arsa Manachar, “dá mb’fhíor, d’fhéadfadh sé go mba ea, agus dá mba ea, is siúráilte go mb’fhíor; ach ó tharla nach fíor, ní hea. Is beacht an réasúnaíocht é sin.”

“An rud a raibh mise ag smaoineamh air,” arsa Eilís go hanmhúinte, “an bealach is fearr amach as an gcoill seo. Tá sé ag éirí chomh dorcha sin. An inseoidh sibh dom é, le bhur dtoil?”

Ach ní dhearna na firíní ramhra ach breathnú ar a chéile agus straois gháire orthu.

Ba chuma iad go díreach nó beirt bhuachaillí mhóra scoile, sa chaoi nár fhéad Eilís gan a méar a dhíriú ar Mhunachar agus a rá “An Chéad Bhuachaill!”

“Ní hea ar chor ar bith bith!” arsa Munachar go tapa agus dhún a bhéal arís le snap.

“An Chéad Bhuachaill Eile!” arsa Eilís ag dul ar aghaidh go dtí Manachar, ach bhí sí cinnte nach nglaofadh sé tada amach ach “Ar an taobh eile!” agus b’shin é go díreach an rud a dúirt sé.

"Thosaigh tú mícheart!" arsa Munachar de bhéic. "An chéad rud a dhéantar le linn cuairte 'Cén chaoi a bhfuil tú?' a rá agus lámh a chroitheadh!" Rug an bheirt dheartháireacha barróg ar a chéile ansin, gur shín siad amach an dá lámh a bhí saor chun lámh a chroitheadh le hEilís.

Níor theastaigh ó Eilís lámh a chroitheadh le duine acu ní ba thúisce ná leis an duine eile, ar eagla go ngoillfeadh sé sin ar dhuine éigin; mar sin, ba é an réiteach ab fhearr a bhí aici ar an bhfadhb, breith ar an dá lámh in éineacht. An chéad rud eile, bhí siad ag damhsa timpeall i bhfáinne. Shamhlaigh an méid sin an-nádúrtha (de réir mar ba chuimhin léi ina dhiaidh sin), agus níor tháinig iontas ar bith uirthi fiú nuair a chuala sí ceol á sheinm. Chonacthas di gur as an gcrann a raibh siad ag damhsa faoi a tháinig sé. Chomh fada is a bhí sí in ann a dhéanamh amach, ba iad na craobhacha agus iad ag cuimilt dá chéile a rinne an ceol, go díreach mar a bheadh fidilí is boghanna fidilí.

"Ach ba ghreannmhar an ní é," (arsa Eilís ina dhiaidh sin, agus í ag insint an scéil dá deirfiúr) "gur chuala mé mé féin ag rá '*Damhsa na gcoiníní i ngarraí na heorna.*' Níl a fhios agam cén uair a thosaigh mé é, ach ar shlí éigin, chonacthas dom go raibh mé á rá ar feadh i bhfad!"

Bhí an bheirt rinceoirí an-ramhar agus ba ghairid go raibh siad as anáil. "Is leor ceithre huaire timpeall le haghaidh aon damhsa amháin," a dúirt Munachar agus saothar air, agus d'éirigh siad as an rince chomh tobann agus a thosaigh siad. Stop an ceol ag an bpointe céanna.

Scaoil siad le lámha Eilíse ansin, gur fhan ina seasamh ag féachaint uirthi go ceann scaitheamh. Bhí ciúnas beagán cotúil ansin ann, mar ní raibh a fhios ag Eilís conas ba chóir di comhrá a thosú le daoine a raibh sí ag damhsa leo ar ball beag. "Ní dhéanfadh sé cúis anois 'Cén chaoi a bhfuil sibh?' a rá leo," a dúirt sí léi féin. "Tá an chuma ar an scéal go bhfuilimid níos faide ar aghaidh ná sin."

"Tá súil agam nach bhfuil sibh róthuirseach," a dúirt sí ar deireadh.

"Nílimid ar chor ar bith bith. Agus go raibh maith agatsa as fiafraí," a dúirt Munachar.

"Táimid faoi chomaoin mhór agat!" arsa Manachar. "An dtaitníonn filíocht leat?"

"Taitníonn—taitníonn roinnt filíochta maith go leor liom," arsa Eilís go hamhrasach. "An bhféadfadh sibh a rá liom cad é an bealach is fearr amach as an gcoill?"

"Cad a aithriseoidh mé di?" a dúirt Manachar agus bhreathnaigh a shúile móra sollúnta ar Mhunachar. Bhí an chuma air nár chuala sé ceist Eilíse.

"'*An Rosualt agus an Cearpantóir*' an ceann is faide," arsa Munachar á fhreagairt agus rug sé barróg ghrámhar ar a dhearthháir.

Thosaigh Manachar láithreach bonn baill:

"Bhí an ghrian ag taitneamh—"

Bhí sé de mhisneach ag Eilís teacht roimhe ag an bpointe sin. "Má tá sé an-fhada," arsa sise chomh múinte agus ab fhéidir léi, "ar mhaith libh a rá liom ar dtús cén bealach—"

Rinne Manachar miongháire séimh agus thosaigh arís:

"Bhí an ghrian ag taitneamh ar an bhfarraige anuas,
ag taitneamh le solas lán.
Rinne sí a dícheall chun loinnir a chur
ar na tonnta faoin gcáitheadh bán.
Is b'aisteach sin gan amhras ar bith,
mar ba é lár na hoíche a bhí ann.

Bhí an ghealach ag drithliú chomh maith ar an muir;
ach ba staincíneach pusach a lí.
Níorbh é a mian go bhfacthas an ghrian
ag soilsiú i gceartlár na hoích'.
'Is drochmhúinte,' a dúirt sí, 'an mhaise di é
gur tháinig 's gur mhill sí ár spraoi!'

Bhí gaineamh na trá chomh tirim le snaois,
is ba fhliuch an fharraige ghlé.
Ní fhacthas scamall in airde san aer,
ní raibh scamall ar bith ar an spéir.
Ag eiteallaigh thuas ní raibh éanlaith ar bith:
is as láthair a bhí siad go léir.

Bhí an Rosualt agus an Cearpantóir
le chéile ag siúl ar an trá.
Chaoin siad araon nuair a chonaic siad féin
an gaineamh chomh flúirseach san áit.
'Dá nglanfaí chun bealaigh é,' arsa siad beirt,
'dar fia, nach mbeadh sé go breá!'

'Dá mbeadh seachtar cailíní 's acu seacht scuab
á scuabadh ó Nollaig go hIúil,'
arsa an Rosualt, 'b'fhéidir go bhféadfaidís sin
an t-iomlán a scuabadh chun siúil.'
'Ní dóigh liom é,' dúirt an Cearpantóir
is ba ghoirt iad na deora 'na shúil.

'A Oisrí, taraigí ag fánaíocht linn,'
dúirt an Rosualt i bhfriotal an ghrá,
'Siúlóidín phras agus conbharsáid deas
cois sáile ar ghaineamh na trá.
Is leor linn ceathrar ar gach uile thaobh
le cuidiú a thabhairt do chách.'

An tOisre ba shine acu, bhreathnaigh sé suas
ach focal níor lig as a bhéal.
An tOisre ba shine acu, chaoch sé a shúil,
is chroith sé a chloigeann go séimh.
Ba shoiléir ón méid sin nár theastaigh uaidh fós
an bheirtreach a thréigean go réidh.

Ach ceithre cinn óga, chuadar ag rith,
mar bhí siad ag tnúth leis an spórt.
Nite geal bhí a n-aighthe is a gcótaí go glan,
is bhí snas ar gach uile bhróg.
Is dob aisteach é sin (mar is léir duit an cás):
ní raibh coisíní fúthu dar ndóigh.

Lean ceithre hOisrí ansin iad siúd
is ceithre cinn eile 'na ndiaidh.
Is tiubh ar shálaibh a chéile go mear
tháinig slógadh agus tóstal aniar.
Léim siad le fonn trí chúr geal na dtonn
ag preabadh go haerach i dtír.

An Rosualt agus an Cearpantóir,
shiúladar míle nó dhó.
Lig siad a scíth ar charraig a bhí,
sách íseal (go hámharach) dóibh,
is d'fhan na hOisrí sin uile go léir
go foighneach 'na sraitheanna leo.

Dúirt an Rosualt, 'Dúinn is mithid anois
an iliomad ábhar a phlé:
Céir chun séalaithe, buataisí, báid,
cabáistí, ríthe is a svae;
cén fáth 'bhfuil an fharraige bruite go te,
nó an eitlíonn muca san aer.'

'Sula dtosóidh an cur is an cúiteamh anseo,'
dúirt na hOisrí, 'fanaí go fóill.
'Tá cuid againn fós as anáil is tá
an chuid eile rite le feoil.'
'Níl aon deifir ann,' arsa an Rosualt go lách,
is ba bhuíoch a bhí siadsan dó.

Dúirt an Rosualt 'Is éard a theastaíonn uaim
ag an bpointe seo builín mór,
is piobar le cois is fínéagar leis—
níl aon bheadaíocht inchurtha leo.
Má tá sibhse réidh, a Oisrí mo chléibh,
tosaímis an béile go beo.'

'Ná habair go n-íosfaidh sibh sinne—faraor!'
deir na hOisrí 'gus chlaochlaigh a ndath.
'Théis a bhfuair muid de chineáltas uaibh
ba shuarach an rud sin mar chleas!'
'Tá an oíche go breá,' arsa an Rosualt os ard,
'nach álainn an radharc ó dheas!'

'Is breá liom freisin gur tháinig sibh linn!
Go deimhin is sibhse atá lách!'
Ní dúirt an Cearpantóir focal ar bith
ach 'Gearr dom tuilleadh den arán!
Ba mhór é an chabhair, mura mbeifeá chomh bodhar.
Dhá uair a bhí orm é a rá!'

Dúirt an Rosualt, 'Is gráin liom an chleasaíocht seo,
mar is cam agus fealltach an gníomh
tar éis iad a chur ag sodar is ag rith
is a dtabhairt an fad seo de shlí.'
Focal ní dúirt an Cearpantóir ach
'Is róthiubh a leag tú an t-im!'

Dúirt an Rosualt, 'Is oth liom, a Oisrí mo chroí,
is trua liom cinnte bhur gcás.'
Fad a bhí naipcín os comhair a dhá shúil
a bhí báite le deoraibh a chrá,
idir tocht agus snagarnach tharraing sé amach
na hOisrí ba thoirtiúla fás.

'A Oisrí mo chléibh,' arsa an Cearpantóir,
'nach againn 'bhí spórt agus greann.
Ar mhaith libhse taisteal abhaile thar n-ais?'
Ach a bhfreagra—ní raibh sin le fáil.
Ní raibh iontas ar bith sa mhéid sin ar ndóigh:
bhí siad ite acu, gach uile cheann."

"Is é an Rosualt is mó a thaitin liomsa," arsa Eilís, "mar go raibh beagán trua aige do na hoisrí bochta."

"Ach is mó a d'ith seisean ná mar a d'ith an Cearpantóir," arsa Manachar. "An dtuigeann tú, choinnigh sé a chiarsúr os comhair a aghaidhe sa chaoi nach bhfeicfeadh an Cearpantóir a raibh sé a ithe d'oisrí. Ar an taobh eile."

"Ba shuarach an cleas aige é!" arsa Eilís go feargach. "Ansin is fearr liom an Cearpantóir—murar ith sé an oiread is a d'ith an Rosualt."

"Ach d'ith sé a bhfuair sé," arsa Munachar.

Ba chruacheist é sin. Tar éis nóiméad ciúnais thosaigh Eilís arís, "Bhuel, is beirt rí-mhíthaitneamhach a bhí iontu araon—" Choisc sí í féin ansin mar tháinig imní uirthi. Chuala sí rud ba chosúil le puthaíl inneall mór gaile sa choill in aice leo, cé gur cheap sí gur dhóichí gur ainmhí allta a bhí ann. "An mbíonn leoin ná tíogair thart anseo?" arsa sise go heaglach.

"Níl sa torann sin ach an Rí Dearg ag srannadh," arsa Manachar.

"Gabh i leith go bhfeicfidh tú é!" arsa na deartháireacha as béal a chéile agus rug gach aon duine díobh ar leathlámh ar Eilís agus thug chuig an áit a raibh an Rí ina chodladh í.

"Nach gleoite an radharc é?" arsa Munachar.

Ní fhéadfadh Eilís a rá go macánta gurbh ea. Bhí caipín ard oíche air a raibh bobailín ar a bharr agus bhí sé ina luí cuachta suas ina charnán amscaí. Bhí sé ag srannadh go hard—"amhail is go dtitfeadh an ceann de le teann srannfaí!" mar a dúirt Munachar.

"Tá faitíos orm go dtolgfaidh sé slaghdán agus é ina luí ar an bhféar tais," arsa Eilís mar gur thrócaireach an cailín beag a bhí inti.

"Is ag brionglóideach atá sé anois," arsa Manachar, "agus cad is dóigh leat is ábhar dá bhrionglóid?"

"Ní fhéadfadh aon duine é sin a thomhas," arsa Eilís.

"Féach, is fútsa atá sé ag brionglóideach!" arsa Manachar go caithréimeach agus é ag bualadh a dhá bhois faoina chéile. "Agus dá stadfadh sé dá bhrionglóid fút, cén áit an dóigh leat a mbeifeása?"

"San áit a bhfuilim, cad eile?" arsa Eilís.

"Ní hea, muis!" arsa Manachar le teann dímheasa. "Ní bheifeá in aon áit. Féach, níl ionatsa ach mar a bheadh rud éigin ina bhrionglóid seisean!"

"Dá ndúiseodh an Rí sin," arsa Munachar, "d'imeofá as—plimp!—mar a mhúchfaí coinneal go díreach!"

"Ní imeoinn!" arsa Eilís go míshásta. "Agus ar aon chuma, mura bhfuil ionamsa ach rud éigin ina bhrionglóid, cad atá ionaibhse? Insígí é sin dom!"

"An rud céanna," arsa Munachar.

"An rud ceannann céanna!" arsa Manachar.

Dúirt sé é sin chomh hard sin nach bhféadfadh Eilís gan a rá, "Fuist! Dúiseoidh tú é, is eagal liom, má dhéanann tú an oiread sin gleo."

"Bhuel, níl aon mhaith ann duit a bheith ag caint faoina dhúiseacht," arsa Munachar, "nuair nach bhfuil ionat ach ceann de na rudaí atá ina bhrionglóid. Tá a fhios agat go rímhaith nach fíordhuine thú dáiríre."

“Is fíordhuine mé!” arsa Eilís agus thosaigh sí ag caoineadh.

“Ní dhéanfaidh do chuid deor níos réadúla thú ar chor ar bith,” arsa Munachar. “Níl tada ann le bheith ag caoineadh faoi.”

“Murar dhuine mé dáiríre,” arsa Eilís agus í leath ag gáire trína deora, bhí cuma chomh háiféiseach sin ar an scéal—“ní bheinn in ann caoineadh.”

“Tá súil agam nach gceapann tú gur fíordheora iad sin!” arsa Munachar ag teacht roimpi go drochmheasúil tarcaisneach.

“Tá a fhios agam gur seafóid atá ar bun acu,” arsa Eilís léi féin, “agus is óinsiúil an mhaise dom a bheith ag caoineadh faoi.” Ghlan sí a deora mar sin agus lean sí uirthi chomh meidhreach is a d’fhéadfadh sí. “Ar aon chuma bheadh sé chomh maith agam teacht amach as an gcoill seo, mar tá sé ag éirí an-dorcha anseo. An dóigh libh go ndéanfaidh sé báisteach?”

Leathnaigh Munachar scáth mór báistí os a chionn féin agus os cionn a dhearthár Manachar agus d’fhéach suas isteach ann. “Ní dóigh liom é,” arsa seisean, “Ar aon dath ní dhéanfaidh sé báisteach istigh anseo. Ní dhéanfaidh ar chor ar bith bith.”

“Ach an ndéanfaidh sé báisteach lasmuigh?”

“Tá cead aige báisteach a dhéanamh, má thograíonn sé é,” arsa Manachar. “Níl aon rud againne ina aghaidh. Ar an taobh eile.”

“Nach iad na rudaí leithliseacha iad!” arsa Eilís léi féin agus bhí sí ar tí “Oíche mhaith” a fhágáil acu, nuair a léim Munachar amach faoin scáth báistí agus rug ar Eilís ar chaol na láimhe.

“An bhfaca tú é sin?” arsa seisean. Bhí sé á thachtadh le fearg agus chuaigh a dhá shúil i méad láithreach agus tháinig dath buí iontu. Shín sé méar chreathach anonn faoi thuairim rud beag geal a bhí ina luí faoin gcrann.

“Níl ann ach gligín,” arsa Eilís, tar éis di an ruidín geal a iniúchadh go mion. “Níl aon chontúirt ann,” a dúirt sí go deifreach, agus í ag ceapadh go raibh faitíos air. "Seanghligín atá ann, seanghligín briste."

"Bhí a fhios agam cad a bhí ann!" arsa Munachar ag béicíl agus ag tosú ag léim thart go fiata agus ag stoitheadh a chuid gruaige. "Tá sé millte, ar ndóigh!" D'fhéach sé ar Mhanachar ansin. Shuigh Manachar síos ar an talamh láithreach bonn agus rinne iarracht dul i bhfolach faoin scáth báistí.

Leag Eilís a lámh ar ghéag Mhunachair agus dúirt leis go bladrach, "Ní gá duit an oiread sin feirge a bheith ort faoi sheanghligín."

"Ach ní seanghligín é!" arsa Munachar de liú agus ba mhó é a fhearg ná riamh. "Ceann nua atá ann, a deirim—inné féin a cheannaigh mé é—mo ghligín DEAS NUA-SA!" arsa seisean agus scread ina ghlór.

Bhí Manachar ag déanamh a dhíchill an fad sin uile an scáth báistí a fhilleadh suas agus é féin istigh ann. Bhí sé siúd chomh neamhghnách sin, gur bhain sé aird uile Eilíse dá dheartháir spadhartha. Ach níor éirigh le Manachar sa deireadh, agus ba é an chríoch a bhí ar an scéal gur rolláil sé thart ar an talamh agus an scáth báistí ina thimpeall, gan ach a chloigeann ar taispeáint. D'fhan sé ina luí ann, é ag oscailt agus ag dúnadh a bhéil agus dhá shúil mhóra. Ba mhó ba chosúil le hiasc ná le haon rud eile é, dar le hEilís.

"Tá tú sásta comhrac crua a throid liom?" arsa Munachar agus é beagán ní ba chiúine.

"Is dócha é," arsa an fear eile go pusach fad is a tháinig sé amach faoin scáth báistí, "ach caithfidh an cailín seo cúnamh a thabhairt dúinn muid féin a ghléasadh, tá a fhios agat."

D'imigh an bheirt deartháireacha ar lámh a chéile isteach sa choill agus d'fhill tar éis tamaill agus a lán lán rudaí ina mbaclainn acu—adhairteanna is pluideanna, cuir i gcás, rugaí tinteáin, scaraoidí bord, clúdaigh mhias agus buicéid ghuail. "Tá súil agam go bhfuil lámh mhaith agat ar rudaí a cheangal le bioráin agus le snaidhmeanna," arsa Manachar. "Caithfear gach uile cheann de na rudaí seo a chur orainn i slí amháin nó i slí eile."

Dúirt Eilís ina dhiaidh sin nach bhfaca sí riamh ina saol an oiread sin fústair á dhéanamh faoi rud ar bith—an chaoi a mbíodh an bheirt sin ag deifriú thart agus an oiread sin rudaí a bhí siad a chur umpu féin—agus an trioblóid a chuir siad uirthise ag iarraidh uirthi cordaí a cheangal agus cnaipí a dhúnadh—"Dáiríre is mó a bheidh siad cosúil le dhá bhurla seanéadaigh ná le ní ar bith eile faoin am a mbeidh siad ullamh!" arsa sise léi féin agus í ag socrú adhairte thart ar mhuineál Mhanachair, "chun a chinntiú nach mbainfí an ceann de," mar a dúirt sé féin.

"Tá a fhios agat," a dúirt sé go lándáiríre, "tá sé ar cheann de na rudaí is tromchúisí dar féidir tarlú do dhuine i gcath—an cloigeann a bhaint de."

Rinne Eilís gáire os ard ach d'éirigh léi casacht a dhéanamh de, ar eagla go ngortódh sí é.

"An bhfuil cuma an-mhílítheach orm?" arsa Munachar, nuair a tháinig sé go dtí í chun a chlogad a cheangal air. (Clogad a thugadh sé air, ach ba mhó ba chosúil le sáspan é dáiríre.)

“Beagán mílítheach,” arsa Eilís go caoin á fhreagairt.

“Is iondúil go mbímse fíorchalma,” arsa seisean ag leanúint air de ghlór íseal, “ach is amhlaidh atá tinneas cinn orm inniu.”

“Agus tá tinneas fiacaile ormsa!” arsa Manachar, a chuala an ráiteas deireanach sin. “Is measa go mór mise ná tusa!”

“Ansin níor chóir duit troid inniu,” arsa Eilís, ag tapú a deise chun eadráin a dhéanamh eatarthu.

“Ní mór dúinn beagán troda a dhéanamh, ach is cuma liomsa cé chomh fada is a mhairfidh sé,” arsa Munachar. “Cén t-am anois é?”

D’fhéach Manachar ar a uaireadóir agus “Leathuair tar éis a ceathair,” a dúirt sé.

“Troidimis go dtí a sé, agus ansin bíodh ár ndinnéar againn,” arsa Munachar.

“Ceart go leor,” arsa an duine eile agus roinnt bróin air, “agus féadfaidh sí seo breathnú orainn—ach bheadh sé chomh maith duit gan teacht róchóngarach dúinn. Is nós liomsa gach a bhfeicim a bhualadh, nuair a thagann buile troda orm.”

"Is nós liomsa gach a mbeidh faoi mo lámh a bhualadh," arsa Munachar, "is cuma cé acu an bhfeicim nó nach bhfeicim é!"

Bhain sé sin gáire as Eilís. "Is dócha mar sin go mbuaileann sibh na crainn sách minic," arsa sise.

D'fhéach Munachar ina thimpeall agus gáire na sástachta ar a bheola. "Is dóigh liom," a dúirt sé, "nach mbeidh crann ar bith fágtha ina sheasamh ar feadh achair fhada timpeall orainn, faoin am a mbeimid críochnaithe!"

"Agus is i ngeall ar ghligín é seo uile go léir!" arsa Eilís. Bhí súil aici fós go gcuirfeadh sí beagán náire orthu faoi throid i ngeall ar rud chomh suarach.

"Ba chuma liom é mar scéal," arsa Munachar, "murach gur gligín nua a bhí ann."

"Is trua nár tháinig an préachán ollmhór fós!" arsa Eilís léi féin.

"Níl ach aon chlaíomh amháin ann, tá a fhios agat," arsa Munachar lena dheartháir, "ach bíodh an scáth báistí agatsa—tá sé sách géar. Ach caithfimid deifir a dhéanamh. Tá sé ag éirí chomh dorcha agus is féidir leis a bheith."

"Agus níos dorcha fós," arsa Manachar.

Bhí sé ag éirí an-dorcha chomh tapa sin gur cheap Eilís nárbh fholáir nó bhí cosúlacht stoirm toirní air. "Nach tiubh agus nach dubh an scamall úd!" arsa sise, "agus nach mear atá sé ag gluaiseacht! Féach, is dóigh liom go bhfuil sciatháin air!"

"Is é an préachán atá ann!" arsa Munachar de ghlór géar eaglach. Agus thug an bheirt deartháireacha do na boinn é agus d'imigh as amharc ar an bpointe.

Rith Eilís isteach sa choill píosa gur sheas sí faoi chrann mór. "Ní bhfaighidh sé anseo mé," arsa sise léi féin. "Tá sé i bhfad rómhór chun é féin a fháscadh isteach anseo i measc na gcrann. Ach b'fhearr liom nach mbuailfeadh sé a sciatháin chomh tréan sin—tá sé ag déanamh stoirm ghaoithe sa choill—seo seál duine éigin a d'fhuadaigh!"

CAIBIDIL V

Olann is Uisce

Rug Eilís ar an seál le linn na cainte sin di agus d'fhéach timpeall ag féachaint cér leis é. I gceann nóiméid eile tháinig an Bhanríon Bhán ag rith go mear tríd an gcoill, a dhá lámh leata amach aici amhail is dá mbeadh sí ag eitilt. Chuaigh Eilís go béasach ina hairicis agus an seál ina lámh aici.

"Is aoibhinn liom gur tharla dom a bheith sa tslí," arsa Eilís agus chabhraigh sí leis an mBanríon an seál a chur uirthi arís.

Ní dhearna an Bhanríon ach féachaint uirthi go héidreorach eaglach, agus lean uirthi ag athrá roinnt focal léi féin—samhlaíodh d'Eilís gur "Arán is im, arán is im" a bhí sí a rá. Cheap Eilís, mar sin, má bhí siad le comhrá ar bith a dhéanamh, gurbh í féin a chaithfeadh tús a chur leis. Is amhlaidh a thosaigh sí beagán cúthail agus dúirt, "Nach í an Bhanríon Bhán ar bhuail mé uimpi?"

"Is í. Ach níl a fhios agam faoi 'bhualadh uimpi'," a dúirt sí, "mar ní gléasadh ceart atá ann ar chor ar bith."

Cheap Eilís nár cheart a bheith ag argóint ag fíorthús a gcomhrá. Rinne sí meangadh gáire mar sin agus dúirt, "Má insíonn tú dom, a Bhanríon uasal, an bealach ceart le tosú, déanfaidh mé mo dhícheall duit."

"Ach nílim ag iarraidh go ndéanfaí aon rud dom. Táim ag bualadh umam le dhá uair an chloig."

Chonacthas d'Eilís gur mhaith an ceart duine éigin eile an Bhanríon a ghléasadh, bhí sí chomh trína chéile sin. "Tá gach rud as áit," arsa Eilís léi féin, "agus tá bioráin ar fud na háite!—An bhfuil cead agam do sheál a shocrú duit?" a dúirt sí os ard.

"Níl a fhios agam cad tá air!" arsa an Bhanríon go duairc. "Tá sé as giúmar ar fad, is dóigh liom. Cheangail mé anseo é, agus cheangail mé ansin é, ach ní féidir liom é a shásamh!"

"Níl sé in ann luí go díreach, tá a fhios agat, mar cuireadh na bioráin uile go léir ar thaobh amháin," arsa Eilís, agus shocraigh sí an seál go caoin di. "A thiarcais, is uafásach an bhail atá ar do chuid gruaige!"

"Chuaigh an scuab in achrann inti!" arsa an Bhanríon agus lig sí osna. "Agus chaill mé an chíor inti inné."

Scaoil Eilís an scuab go réidh, agus rinne sí a dícheall slacht éigin a chur ar ghruaig na Banríona. "Féach, is fearr an chuma atá anois ort!" a dúirt sí tar éis di formhór na mbiorán a bhaint amach agus a chur ar ais i gceart. "Ach dáiríre ba chóir duit cailín aimsire a bheith agat!"

"Ba mhór a thaitneodh liom glacadh leatsa ar aimsir!" arsa an Bhanríon. "Dhá phingin in aghaidh na seachtaine, agus subh gach dara lá."

Níor fhéad Eilís gan gáire a dhéanamh agus dúirt sí, "Nílim ag iarraidh a bheith ar aimsir agat—agus ní maith liom subh."

"Is rímhaith an tsubh í," arsa an Bhanríon.

"Bhuel, níl subh uaim inniu, cibé ar bith."

"Ní fhéadfá í a fháil inniu, fiú dá mbeadh sí uait," arsa an Bhanríon. "Is í an riail atá ann: subh amárach agus subh inné—ach gan subh ar bith inniu."

"Caithfidh sé go mbíonn 'subh inniu' ann uaireanta," arsa Eilís go míshásta.

"Níor ghá sin," arsa an Bhanríon. "Laethanta eile a bhíonn subh ann. Ní hionann inniu agus lá ar bith eile, tá a fhios agat."

"Ní thuigim in aon chor thú," arsa Eilís. "Cuireann an scéal mearbhall orm!"

"Sin é a thagann de bharr a bheith ag maireachtáil in aghaidh do chúil," arsa an Bhanríon go lách. "Beidh beagán meadhráin a chéaduair ar dhuine i gcónaí."

"Maireachtáil i ndiaidh do chúil!" arsa Eilís agus iontas mór uirthi. "Níor chuala mé trácht ar a leithéid riamh!"

"—ach tá buntáiste mhór ag baint leis, is é sin, go n-oibríonn do chuimhne an dá bhealach."

"Bealach amháin a oibríonn mo chuimhnese," arsa Eilís. "Ní féidir liom cuimhneamh ar rudaí go dtiteann siad amach."

"Is bocht an sórt cuimhne nach n-oibríonn ach ag féachaint siar," arsa an Bhanríon.

"Cén cineál rudaí is fearr a gcuimhníonn tú orthu?" arsa Eilís.

"Muise, rudaí a thit amach seachtain ón tseachtain seo chugainn," arsa an Bhanríon go neamhchúiseach. "Giolla an Rí, cuir i gcás," a dúirt sí ag leanúint uirthi agus ag greamú píosa mór plástair ar a méar le linn na cainte di. "Is i bpríosún atá sé i láthair na huaire mar phionós. Ní thosóidh an triail go dtí an Chéadaoin seo chugainn; agus ar ndóigh is í an choir is déanaí a thiocfaidh."

"Cuir i gcás nach ndéanfaidh sé an choir ar chor ar bith?" arsa Eilís.

"B'amhlaidh ab fhearr é, nárbh ea?" arsa an Bhanríon agus cheangail sí píosa de ribín faoin bplástar ar a méar.

Chonacthas d'Eilís nárbh fhéidir léi gan aontú leis sin. "B'fhearr i bhfad mura ndéanfaí an choir," a dúirt sí, "ach níorbh fhearr pionós a chur air."

"Tá dul amú ort ansin, ar aon chuma," arsa an Bhanríon. "Ar cuireadh pionós riamh ort?"

"Cuireadh, ach i ngeall ar mo chuid lochtaíola amháin," arsa Eilís.

"Agus b'fhearrde thú an pionós, táim cinnte!" arsa an Bhanríon go caithréimeach.

"Ach má cuireadh pionós orm i ngeall ar rudaí, is amhlaidh a bhí siad déanta agam," arsa Eilís, "agus is mór an difear a dhéanann sé sin."

"Ach mura mbeidís déanta agat," arsa an Bhanríon, "is fearr féin a bheadh an scéal. Is fearr agus is fearr agus is fearr fós!" Chuaigh a glór in airde gach uair a dúirt sí "is fearr" go dtí nach raibh ann ar deireadh ach díoscán.

Bhí Eilís ag dul ag rá go raibh dearmad ann áit éigin, nuair a chrom an Bhanríon ar screadaíl chomh tréan sin go raibh uirthi an abairt a fhágáil gan chríochnú. "Och, och, och!" arsa an Bhanríon de liú agus chroith sí a lámh amhail is dá mba cheannach léi í a chroitheadh di féin. "Tá mo mhéar ag cur fola! Och, och, och, och!"

Bhí an oiread cosúlachta ag a liúireach le feadaíl inneall traenach gurbh éigean d'Eilís a lámha a chur ar a dhá cluais.

"Cad atá ort?" a dúirt sí, chomh luath is ba dhóigh go gcloisfeadh an Bhanríon í. "Ar phrioc tú do mhéar?"

"Níor phriocas go fóill í," arsa an Bhanríon, "ach is gearr go bpriocfaidh—och, och, och!"

"Cén uair is dóigh leat a dhéanfaidh tú é?" arsa Eilís, agus bhí fonn mór gáire uirthi.

"Nuair a cheanglóidh mé mo sheál arís," arsa an Bhanríon bhocht de chnead. "Scaoilfidh an bróiste ar ball beag. Och, och!" Le linn na cainte sin di d'oscail an bróiste amach go leathan agus rug an Bhanríon go fiata air, agus rinne iarracht é a dhúnadh arís.

"Fainic!" arsa Eilís go hard. "Tá tú á choinneáil cam!" Agus rug sí ar an mbróiste ach bhí sí ródhéanach. Sciorr an biorán ann agus phrioc an Bhanríon a méar.

"Sin is cúis leis an bhfuil, an bhfeiceann tú," a dúirt sí le hEilís agus meangadh gáire ar a beola. "Tuigeann tú anois conas a tharlaíonn rudaí anseo."

"Ach cén fáth nach ligfeá scread asat anois?" arsa Eilís agus í réidh lena lámha a leagan ar a dhá cluais arís.

"Féach, tá mo chuidse screadaíola déanta agam cheana," arsa an Bhanríon. "Cén mhaith dom a leithéid sin uile a thosú in athuair?"

Bhí sé ag éirí geal solasmhar faoin am sin. "Ní foláir nó d'eitil an préachán leis, dar liom féin," arsa Eilís. "Tá ríméad orm gur imigh sé. Cheap mé go raibh titim na hoíche ann."

"Faraor nach féidir liomsa ríméad a chur orm féin," arsa an Bhanríon, "ach ní féidir liom cuimhneamh ar an riail. Caithfidh go bhfuil tusa an-sona i do chónaí sa choill seo, agus ríméad ort gach uair is mian leat."

"Ach tá sé chomh huaigneach anseo!" arsa Eilís agus cumha ina glór. Nuair a smaoinigh sí ar a brón féin tháinig dhá dheoir mhóra ag rith anuas a dhá leiceann.

"Ó, ná bí á rá sin!" arsa an Bhanríon bhocht de liú, agus í ag fáscadh a lámha le teann éadóchais. "Smaoinigh gur cailín mór thú. Smaoinigh ar an achar atá siúlta inniu agat. Smaoinigh ar an am atá sé. Smaoinigh ar rud ar bith, ach ná bí ag caoineadh!"

Níor fhéad Eilís gan gáire a dhéanamh faoi sin, trína cuid deor fiú amháin. "An féidir leat do chaoineadh a chosc trí smaoineamh ar rudaí?" a dúirt sí.

"Sin é an bealach a ndéantar é," arsa an Bhanríon go han-diongbháilte. "Ní féidir le haon duine dhá rud a dhéanamh in éineacht. Smaoinímis ar d'aois ar dtús—cén aois thú?"

"Seacht mbliana go leith baileach."

"Ní gá duit 'baileach' a rá," arsa an Bhanríon. "Is féidir liom é a chreidiúint dá uireasa sin. Anois tabharfaidh mé duit rud éigin le creidiúint: táimse go díreach aon bhliain is céad, cúig mhí agus aon lá amháin d'aois."

"Ní féidir liomsa é sin a chreidiúint!" arsa Eilís.

"Nach féidir?" arsa an Bhanríon agus trua ina glór. "Bain triail as arís. Tarraing anáil fhada agus dún do dhá shúil."

Bhain sé sin gáire as Eilís. "Ní bheadh aon mhaith dom á thriail," a dúirt sí. "Ní féidir le duine rudaí dochreidte a chreidiúint."

"Is dócha nach bhfuair tú mórán cleachtaidh riamh," arsa an Bhanríon. "Nuair a bhí mise comhaois leatsa, dhéanainnse seasta ar feadh leathuair an chloig gach uile lá beo é. Féach, ní annamh a chreidinn oiread le sé rud dhochreidte roimh bhricfeasta. Sin an seál ag fuadach arís."

Scaoil an bróiste le linn na cainte di, agus shéid sinneán tobann gaoithe seál na Banríona trasna srutháin bhig. Leath an Bhanríon a lámha amach arís, agus rith ina dhiaidh de rith. D'éirigh léi féin breith air an iarraidh seo. "Tá sé agam!" arsa sise go caithréimeach. "Anois feicfidh tú mé asam féin á cheangal orm féin arís!"

"Tá súil agam go bhfuil biseach ar do mhéar faoi seo," arsa Eilís go han-mhúinte, agus í ag dul trasna an tsrutháin bhig i ndiaidh na Banríona.

* * * *
* * *
* * * *

"Ó, tá biseach mór uirthi!" arsa an Bhanríon, agus d'ardaigh a guth go ndearna sé scréach fad is a bhí sí ag caint. "Biseach mór! Bí-iseach! Bé-seach! Bé-é-é!" Is le méileach mhór a chríochnaigh an focal deireanach, amhail is dá mba chaora a dúirt é, rud a bhain geit as Eilís.

D'fhéach sí ar an mBanríon, agus bhí an chuma uirthi gur chuir sí olann ina timpeall d'aon iarraidh amháin. Chuimil Eilís bos dá súile arís agus d'fhéach an dara huair. Ní fhéadfadh sí tuiscint cad a tharla ar chor ar bith. An i siopa a bhí sí? Agus an caora a bhí ansin dáiríre—an caora a bhí ina suí ar chúl an chuntair? Ba chuma a chrua is a chuimil sí a dhá súil, ní fhéadfadh sí é a thuiscint. Is i siopa beag dorcha a bhí sí, a dhá huillinn ligthe amach ar an gcuntar aici agus os a comhair amach bhí seanchaora, ina suí i gcathaoir uilleach agus í ag cniotáil, agus stadadh sí anois is arís le breathnú ar Eilís trí spéaclaí móra.

"Cad atá tú a iarraidh le ceannach?" arsa an Chaora ar deireadh, agus í ag breathnú aníos óna cuid cniotála.

"Níl a fhios agam go díreach fós," arsa Eilís go han-séimh. "Ba mhaith liom breathnú i mo thimpeall ar fad, má tá cead agam."

"Tá cead agat féachaint os do chomhair agus ar gach aon taobh díot, más maith leat," arsa an Chaora, "ach ní féidir leat féachaint i do thimpeall ar fad, mura bhfuil súile i gcúl do chinn agat."

Ní raibh a leithéidí sin ag Eilís, mar a tharla. Mar sin, bhí sí sásta casadh timpeall go bhféachfadh sí ar na seilfeanna de réir mar a thagadh sí orthu.

Bhí an chosúlacht ar an siopa go raibh sé lán le mórán rudaí aisteacha—ach ba é an rud ab aistí ar fad, gach uair a bhreathnaíodh sí go crua ar sheilf ar bith ag féachaint cad é go díreach a bhí uirthi, bhíodh an tseilf chéanna folamh; cé go mbíodh na seilfeanna eile ina timpeall ag cur thar maoil le hearraí.

"Snámhann na rudaí timpeall anseo!" a dúirt sí sa deireadh go crosta, tar éis di nóiméad nó dhó a chaitheamh ag tóraíocht rud mór glé. Cuma bábóige a bhíodh air seal agus cuma bosca fuála seal eile, agus bhíodh sé i gcónaí ar an tseilf ba ghiorra suas ón tseilf a mbíodh sí ag breathnú uirthi. "Agus seo é an ceann is mó a ghoilleann orm—ach tá a fhios agam cad a dhéanfaidh mé—"

a dúirt sí, mar rith smaoineamh léi go tobann, "Leanfaidh mé é go dtí an tseilf is airde uile. Is dóigh liom go gclisfidh air cinnte dul tríd an tsíleáil!"

Ach níor éirigh lena plean ar chor ar bith: d'imigh an "rud" tríd an tsíleáil chomh ciúin agus ab fhéidir, amhail is dá mbeadh cleachtadh maith aige ar a léithéid.

"An páiste thú nó cnaipe damhsa?" arsa an Chaora, agus í ag tógáil péire eile biorán cniotála. "Cuirfidh tú meadhrán orm gan mhoill, má leanann tú ort ag casadh timpeall mar sin." Bhí sí an nóiméad sin ag cur ceithre cinn déag de phéirí éagsúla ag obair agus níor fhéad Eilís gan iontas mór a bheith uirthi ag féachaint ar an gCaora.

"Conas is féidir léi cniotáil leis an oiread sin biorán?" arsa an cailín beag léi féin agus mearbhall uirthi. "Is mó is cosúil le torcán craobhach í gach nóiméad dá dtéann thart!"

"An bhfuil iomramh agat?" arsa an Chaora, agus shín sí péire biorán cniotála chuici le linn na cainte sin.

"Tá beagán—ach ní ar talamh—agus ní le bioráin," arsa Eilís, ach ar iompú na boise rinneadh maidí rámha de na bioráin ina lámha, agus chonaic sí gur i mbáidín beag a bhí siad, agus iad ag sleamhnú ar aghaidh idir dhá bhruach abhann. Ní raibh leigheas ar bith air mar sin. Bhí ar Eilís tosú ag iomramh chomh maith agus ab fhéidir léi.

"Slis na maidí rámha!" arsa an Chaora de liú, agus thóg sí féin péire eile biorán.

Chonacthas d'Eilís nár ghá di an ráiteas sin a fhreagairt agus ní dúirt sí tada, ach d'iomair sí léi. Bhí rud an-aisteach ag baint leis an uisce, a cheap sí, mar ghreamaíodh na maidí rámha ann anois agus arís agus is ar éigean a bhí sí in acmhainn iad a bhaint as an uisce.

"Slis! Slis!" arsa an Chaora de bhéic arís, ag glacadh tuilleadh biorán chuici féin. "Béarfaidh tú ar phortán ar ball beag."

"Portán beag muirneach," arsa Eilís léi féin. "Thaitneodh sé sin liom."

"Nár chuala tú mé ag rá 'Slis'?" arsa an Chaora go crosta, agus í ag tógáil glac biorán.

"Chualas, go deimhin," arsa Eilís, "dúirt tú an-mhinic é—agus an-ard. Inis dom, más é do thoil é, cá bhfuil na portáin?"

"San uisce ar ndóigh!" arsa an Chaora, agus sháigh sí cuid de na bioráin isteach ina cuid gruaige, de bharr a lámha a bheith lán. "Slis, a deirim leat!"

"Cén fáth a ndeir tú 'Slis' chomh minic sin liom? Ní píosa adhmaid mé!"

"Ach ceann cipín atá ort," arsa an Chaora.

Ghoill sé sin ar Eilís beagán, agus bhí sí ina tost go ceann tamaill. Ach bhí an bád ag sleamhnú ar aghaidh go séimh, idir ceapacha fiaile seal (rud a d'fhágadh go ngreamaíodh na maidí rámha san uisce ní ba mheasa ná riamh) agus seal faoi chrainn, ach bhíodh na bruacha arda céanna go scáfar os a gcionn in airde.

"Ó, le do thoil! Tá roinnt giolcach cumhra ansin!" arsa Eilís agus sceitimíní áthais uirthi. "Tá siad ann dáiríre—agus tá siad chomh hálainn!"

"Ní gá duit 'le do thoil' a rá liom fúthu," arsa an Chaora, gan breathnú aníos óna cuid cniotála. "Ní mise a chuir ann iad, agus ní mise a bhainfidh as iad."

"Ní bhainfidh, ach is éard a bhí i gceist agam—le do thoil, an bhféadfaimis fanacht nóiméad chun cuid díobh a phiocadh?" arsa Eilís ag tabhairt iarraidh na déirce ar an gCaora. "Mura miste leat an bád a stopadh go ceann tamaill ghearr."

"Conas is féidir liom í a stopadh?" arsa an Chaora. "Má éiríonn tú as an rámhaíocht, stopfaidh sí uaithi féin."

Nuair a d'éirigh, ligeadh don bhád snámh leis an sruth mar ab áil léi féin, go dtí gur shleamhnaigh sí go séimh isteach sna giolcacha luascánacha. Ansin chrap Eilís aníos a muinchillí agus sháigh a lámha beaga go dtí na huillinneacha isteach san uisce chun teacht ar na giolcacha i bhfad thíos agus bhain sí ansin iad—agus ar feadh scaithimh rinne sí dearmad ar fad den Chaora agus dá cuid cniotála agus í ligthe thar bhord an bháid, agus íochtar a cuid gruaige ag tumadh san uisce—fad is a bheireadh sí ar ghlac i ndiaidh a chéile de na giolcacha áille cumhra.

"Tá súil agam nach n-iompóidh an bád!" a dúirt sí léi féin. "Mhuise, nach álainn an ceann sin! Ach bhí sé beagán as raon mo láimhe." Agus ba chrá croí di é ("amhail is dá mbeadh sé ag tarlú in aon turas," a cheap sí), cé gur éirigh léi a lán giolcach cumhra a bhaint de réir mar a bhí sí ag sleamhnú thart, go mbíodh ceann ab áille fós ann nach bhféadfadh sí a shroicheadh in aon chor.

"Is iad na giolcacha is gleoite na cinn is faide uaim!" a dúirt sí ar deireadh, agus í ag ligean osna faoina cheanndána is a bhí na giolcacha agus iad ag fás chomh fada sin uaithi. Ansin dhreap sí ar ais go dtína háit féin sa bhád, a leicne dearg agus a cuid gruaige fliuch, agus thosaigh sí ar bhail a chur ar a stór nua-aimsithe.

Nár chuma léi ansin gur thosaigh na giolcacha ag feo agus ag cailleadh an bholaidh chumhra, a thúisce is a bhain sí iad? Ní mhaireann fíorghiolcacha cumhra ach tamall an-ghearr, tá a fhios agat—agus na cinn seo, ós rud é gur giolcacha brionglóide a bhí iontu, leáigh siad ar nós an tsneachta, agus iad ina luí i gcarnáin ag a cosa—ach is ar éigean a thug Eilís an méid sin faoi deara, bhí gach uile rud aisteach le smaoineamh aici air.

Ní dheachaigh siad mórán ní b'fhaide, nuair a chuaigh bos an mhaide rámha i bhfostú san uisce agus ní thiocfadh sé amach arís (mar a mhínigh Eilís ina dhiaidh sin é), agus ba é an toradh a bhí air sin gur bhuail lámh an mhaide faoin smig í, agus in ainneoin roinnt scairteanna beaga, "Ó, ó, ó!" ó Eilís bhocht, scuabadh den seas í agus isteach ar urlár an bháid i measc na ngiolcach.

Níor gortaíodh in aon chor í, áfach, agus ba ghearr go raibh sí ar a cosa arís. Lean an Chaora uirthi ag cniotáil, amhail is nár tharla tada. "Ba dheas an portán siúd ar rug tú air!" a dúirt sí, fad is a chuaigh Eilís isteach ina háit cheart arís. Bhí faoiseamh mór ar Eilís féin go raibh sí sa bhád i gcónaí.

"Arbh ea? Ní fhaca mé féin é," arsa Eilís agus í ag gliúcaíl go haireach thar bhord an bháid isteach san uisce dorcha. "Faraor gur scaoil mé uaim é—ba bhreá liom portán beag le tabhairt abhaile liom!" Ní dhearna an Chaora ach gáire dímheasa a ligean, agus lean uirthi ag cniotáil.

"An mbíonn mórán portán anseo?" arsa Eilís.

"Portáin, agus gach uile shórt ruda," arsa an Chaora, "a lán roghanna, ach déan suas d'intinn. Anois, cad ba mhaith leat a cheannach?"

"A cheannach!" arsa Eilís mar mhacalla agus iarracht den iontas agus den fhaitíos ar aon uirthi—mar bhí na maidí rámha, an bád agus an abhainn imithe as radharc, agus bhí sí ar ais sa siopa beag dorcha arís.

"Ba mhaith liom ubh a cheannach, le do thoil," arsa sise go faiteach. "Conas a dhíolann tú iad?"

"Cúig pingine is feoirling ceann amháin—dhá phingin péire," arsa an Chaora.

"An saoire péire ná ceann amháin mar sin?" arsa Eilís agus iontas uirthi. Bhain sí amach a sparán.

"Ach ní mór duit an péire a ithe, má cheannaíonn tú an péire," arsa an Chaora.

"Ní bheidh ach ceann amháin agam mar sin, le do thoil," arsa Eilís agus leag sí an t-airgead ar an gcuntar. "B'fhéidir nach mbeidís go deas, tá a fhios agat," a dúirt sí léi féin.

Ghlac an Chaora an t-airgead agus chuir i dtaisce i mbosca é. Agus dúirt sí: "Ní chuirim rudaí isteach i lámha daoine ar chor ar bith—ní dhéanfadh sé sin cúis in aon chor—ní mór duit í a fháil duit féin." Agus leis sin shiúil sí trasna an tsiopa agus chuir an ubh ina seasamh ar sheilf.

"Meas tú cén fáth nach ndéanfadh sé cúis?" arsa Eilís léi féin agus í ag póirseáil a bealaigh idir na boird is na cathaoireacha, mar bhí an siopa an-dorcha ag an taobh sin. "Feictear dom gur ag dul i bhfad uaim atá an ubh, de réir mar a shiúlaim ina treo. Fan go bhfeicfidh mé, an cathaoir é seo? Tá craobhacha uirthi, dar m'anam! Nach aisteach an rud é crainn a fháil ag fás anseo! Agus is amhlaidh atá sruthán beag anseo! Bhuel, seo é an siopa is aistí dá bhfaca mé riamh!"

Shiúil sí léi mar sin, agus ba mhór a hiontas de réir mar a d'iompaíodh gach uile rud ina chrann agus í ag teacht ina ghaobhar, agus bhí sí ag súil go ndéanfadh an ubh an rud ceannann céanna.

CAIBIDIL VI

Filimín Failimín

Chuaigh an ubh i méad, áfach, agus tháinig cruth daonna uirthi. Nuair a tháinig Eilís i bhfoisceacht cúpla slat di, chonaic sí go raibh súile uirthi agus srón agus béal. Nuair a tháinig sí in aice láimhe, chonaic sí nach raibh ann ach FILIMÍN FAILIMÍN. "Ní fhéadfadh sé gur duine ar bith eile atá agam ann!" arsa sise léi féin. "Táim chomh cinnte de is a bheinn dá mbeadh a ainm scríofa ar fud a aghaidhe."

D'fhéadfaí an t-ainm a scríobh na céadta uair ar an aghaidh ollmhór úd. Bhí Filimín Failimín ina shuí agus a dhá chois trasna ar a chéile ar nós táilliúra agus é ar bharr balla aird—bhí an balla chomh cúng sin gurbh ionadh le hEilís go raibh sé in ann é féin a choinneáil ar mheá chothrom—agus ós rud é gur sa treo eile a bhí a dhá shúil agus nach raibh sé ag tabhairt aird ar bith uirthi, de réir cosúlachta, cheap sí gur figiúr stuáilte a bhí ann tar éis an tsaoil.

"Ní fhaca mé a shamhail riamh ach ubh!" a dúirt sí os ard, agus í ina seasamh ullamh le breith air, mar bhí tuairim aici go dtitfeadh sé nóiméad ar bith.

"Is mór an crá croí é," arsa Filimín Failimín i ndiaidh tosta fhada, agus é ag breathnú sa treo eile ó Eilís agus é a caint, "nuair a ghlaoitear ubh ar dhuine—is mór go deimhin!"

"Is amhlaidh a chuir mé i gcosúlacht le hubh thú, a Dhuine Uasail," a mhínigh Eilís go caoin, "agus is an-ghleoite atá roinnt uibheacha, tá a fhios agat," a dúirt sí freisin, arae bhí súil aici go bhféadfadh sí moladh a dhéanamh dá ndúirt sí.

"Is lú an chiall atá ag daoine áirithe," arsa Filimín Failimín, "ná a bheadh ag naíonán!"

Ní raibh a fhios ag Eilís cén freagra ba chóir di a thabhairt air sin. Ní gnáth-chomhrá a bhí ann, a cheap sí, mar ní léise a dúirt sé rud ar bith. Is amhlaidh is le crann a dúirt sé an rud deireanach úd. Ní dhearna Eilís ach fanacht ina seasamh ann agus d'aithris sí an rann go ciúin di féin:

"Bhí Filimín Failimín thuas ar an mballa:
Thit Filimín Failimín anuas ar an talamh;
Dá gcuirfeadh an rí chuige fir agus capaill,
ní fhéadfaidís Filimín Failimín a chur ar ais mar bhí cheana."

"Tá an líne dheiridh sin rófhada don mheadaracht," arsa Eilís freisin, os ard beagnach, mar bhí dearmad déanta aici go gcloisfeadh Filimín Failimín í.

"Ná bí i do sheasamh ansin ag cabaireacht leat féin mar sin," arsa Filimín Failimín agus d'fhéach anuas uirthi den chéad uair, "ach inis dom d'ainm agus do ghnó."

"Eilís is ainm dom, ach—"

"Ainm sách amaideach é!" arsa Filimín Failimín ag teacht roimpi go mífhoighneach. "Cad is brí leis?"

"An gá d'ainm brí a bheith leis?" arsa Eilís go hamhrasach.

"Is gá ar ndóigh," a dúirt Filimín Failimín agus rinne sé gáire beag. "Is éard is brí le m'ainmse an cruth atá orm, agus cruth maith dathúil atá ann freisin. D'fhéadfása cruth de chineál ar bith nach mór a bheith agat, agus an t-ainm sin ort."

Níor theastaigh ó Eilís tosú ag argóint. Mar sin "Cén fáth," a dúirt sí, "a mbíonn tú i do shuí amuigh anseo i d'aonar?"

"Toisc nach bhfuil duine ar bith in éineacht liom!" a scairt Filimín Failimín. "Ar shíl tú nach mbeinn in ann an cheist sin a fhreagairt? Cuir ceist eile orm."

"Nach dóigh leat gur sábháilte a bheifeá i do shuí thíos ar an talamh?" arsa Eilís ag leanúint uirthi. Ní hé gur theastaigh uaithi tomhas eile a chur air, ach bhí sí buartha faoin gcréatúr aisteach. "Tá an balla sin fíorchúng!"

"Nach an-éasca na tomhasanna a chuireann tú orm!" a dúirt Filimín Failimín de ghnúsacht íseal. "Ní dóigh liom é in aon chor! Féach, dá dtitfinn den bhalla—agus níl baol ann go dtarlódh sin—ach dá dtitfinn—" Rinne sé sparán dá bheola ansin agus tháinig cuma chomh sollúnta ardnósach air nár fhéad Eilís gan gáire a dhéanamh. "Dá dtitfinn de," a lean sé air, "gheall an Rí dom—á, tá cead agat bánú, más mian leat. Níor shíl tú go ndéarfainn é sin, ar shíl? Gheall an Rí dom—lena bhéal féin—go—go—"

"Go gcuirfeadh sé chugat fir agus capaill," arsa Eilís ag teacht roimhe beagán éigríonna.

"Anois, tá sé sin ródhona ar fad, arú!" a dúirt Filimín Failimín mar tháinig fearg thobann air. "Bhí tú ag éisteacht ag doirse—agus ar chúl crann—agus síos simléir—nó ní bheadh sin ar eolas agat!"

"Ní rabhas go deimhin," arsa Eilís go han-séimh. "Tá sé scríofa i leabhar."

"Muise, muise! Féadfar a leithéid a scríobh i leabhar," arsa Filimín Failimín agus é ag dul i gciúine. "Sin é an leabhar a dtugtar *Foras Feasa ar Éirinn* air, is é go deimhin. Anois, féach ormsa! Is duine mé a labhair le Rí, is ea sin. B'fhéidir nach bhfeicfeá a leithéid arís go brách. Agus le taispeáint duit nach bhfuil móráil ar bith ag roinnt liom, tá cead agat lámh a chroitheadh liom!" Tháinig straois gháire ar a bhéal ó chluas go cluas nach mór agus lig amach é féin (is beag nár thit sé den bhalla san am céanna) agus shín a lámh chuig Eilís. D'fhéach sí go himníoch air agus rug ar a lámh. "Dá mbeadh a mheangadh gáire beagán níos leithne," arsa Eilís léi féin, "b'fhéidir go mbuailfeadh dhá thaobh a bhéil lena chéile ar chúl a chinn, agus níl a fhios agam cad a d'éireodh dá chloigeann ansin! Tá eagla orm go dtitfeadh barr a chloiginn anuas de!"

"Is ea, go gcuirfeadh sé chugam fir agus capaill," arsa Filimín Failimín ag leanúint den scéal. "Thógfaidís siúd suas láithreach bonn mé, thógfadh sin! Ach tá an comhrá seo ag dul chun cinn róthapa. Téimis ar ais go dtí an ráiteas roimh an gceann deiridh."

"Is eagal liom nach féidir liom cuimhneamh air go díreach," arsa Eilís go múinte.

"Más mar sin atá an scéal," arsa Filimín Failimín, "tosóimid as an nua, agus is fúmsa atá an t-ábhar cainte a roghnú—" ("Labhraíonn sé amhail is dá mba chluiche é!" a dúirt Eilís léi féin.) "Seo ceist duit, más ea. Cén aois a dúirt tú a bhí agat?"

Rinne Eilís beagán comhairimh ina ceann agus dúirt: "Seacht mbliana agus sé mhí."

"Tá dul amú ort!" a dúirt Filimín Failimín go caithréimeach. "Ní dúirt tú a leithéid sin riamh!"

"Cheap mé gurb éard a bhí i gceist agat 'Cén aois atá agat?'" arsa Eilís á míniú féin.

"Dá mba é sin a bhí i gceist agam, sin é an rud a déarfainn," a dúirt Filimín Failimín.

Níor theastaigh ó Eilís tuilleadh argóna a chur ar bun agus d'fhan sí ina tost.

"Seacht mbliana agus sé mhí," arsa Filimín Failimín go smaointeach. "Is míchompordach an sórt sin aoise. Dá n-iarrfá comhairle ormsa, 'Éirigh as an bhfás in aois do sheacht mbliana' a déarfainnse—ach tá sé ródhéanach anois."

"Ní iarraim comhairle aon uair i dtaobh fáis," arsa Eilís go míshásta.

"Rómhórtasach?" arsa an duine eile.

Ba mhó fós an míshásamh a chuir an chaint sin uirthi. "Is éard atá i gceist agam," arsa Eilís, "nach bhfuil leigheas ag duine ar dhul in aois."

"B'fhéidir nach bhfuil leigheas ag *duine*," arsa Filimín Failimín, "ach tá leigheas ag *beirt* air. Dá mbeadh an cúntóir cuí agat, d'fhéadfá éirí as an bhfás in aois do sheacht mbliana."

"Nach álainn an bheilt atá ort!" arsa Eilís go tobann. (Cheap sí gur labhair siad a ndóthain faoi cheist na haoise; agus má bhí siad le sealaíocht a dhéanamh i dtaobh ábhar cainte a roghnú, ba é a seal féin a bhí anois ann.) "Ar a laghad," a dúirt sí á ceartú féin agus malairt intinne aici, "is álainn an carbhat é— ní hea, beilt, a deirim—gabhaim pardún agat!" a dúirt sí agus uafás uirthi, mar ba léir ó aghaidh Fhilimín Failimín gur ghoill a ndúirt sí go mór air. Ba mhór an trua léi gurb é sin an t-ábhar a roghnaigh sí. "Faraor nach bhfuil a fhios agam," a dúirt sí léi féin, "cá bhfuil a mhuineál agus cá bhfuil a choim!"

B'fhollas go raibh an-fhearg ar Fhilimín Failimín, cé nach ndúirt sé tada go ceann scaithimh. Nuair a labhair sé arís ba ghnúsachtach dhomhain a ghlór.

"Is *mór—an crá—croí—*é," a dúirt sé sa deireadh, "nuair nach n-aithníonn duine carbhat thar bheilt!"

"Tá a fhios agam gur rí-aineolach an mhaise dom é," arsa Eilís chomh humhal is nach bhféadfadh Filimín Failimín gan bogadh beagán.

"Carbhat atá ann, a linbh, agus is álainn an carbhat é, mar a deir tú féin. Ba bhronntanas é ón Rí Bán is ón mBanríon Bhán. Anois!"

"An mar sin é?" arsa Eilís agus sásamh uirthi gur thogh sí ábhar maith comhrá i ndiaidh an iomláin.

"Is amhlaidh a thug siad dom é," a lean Filimín Failimín air go smaointeach, agus é ag cur leathghlúine thar an nglúin eile, "is amhlaidh a thug siad dom é mar bhronntanas neamhlá breithe."

"Gabhaim pardún agat?" arsa Eilís agus beagán mearbhaill uirthi.

"Níor ghoill do chaint orm," arsa Filimín Failimín.

"Is éard atá i gceist agam, cad is bronntanas neamhlá breithe ann?"

"Bronntanas atá ann, a thugtar nuair nach é do lá breithe é ar ndóigh."

Smaoinigh Eilís ar feadh tamaill. "Bronntanais lá breithe is fearr liomsa," a dúirt sí sa deireadh.

"Níl a fhios agat cad é atá tú a rá!" arsa Filimín Failimín. "Cé mhéad lá atá sa bhliain?"

"Trí chéad, seasca agus cúig lá," arsa Eilís.

"Agus cé mhéad lá breithe atá agat?"

"Ceann amháin."

"Má bhaineann tú a haon ó thrí chéad seasca a cúig, cad atá fágtha."

"Trí chéad seasca a ceathair, ar ndóigh."

Bhí cuma an amhrais ar Fhilimín Failimín. "B'fhearr liom é sin a fheiceáil á dhéanamh ar pháipéar."

Níor fhéad Eilís gan miongháire a dhéanamh fad is a bhain sí amach a leabhrán nótaí chun an tsuim a oibriú amach dó:

$$\begin{array}{r} 365 \\ \underline{1} \\ 364 \end{array}$$

Thóg Filimín Failimín an leabhar uaithi agus bhreathnaigh go haireach air. "Tá an chuma air sin go ndearnadh i gceart é—" ar seisean a chéaduair.

"Tá sé bunoscionn agat!" arsa Eilís ag teacht roimhe.

"Is fíor duit, go deimhin!" arsa Filímín Failímín go haerach, fad is a chas Eilís an leabhar beag thart dó. "Cheap mé go raibh cuma beagán aisteach air. Mar a bhí mé ag rá, tá an chuma air go ndearnadh i gceart é—cé nach bhfuil an t-am agam i láthair na huaire chun é a scrúdú go mion—ach taispeánann sé go bhfuil trí chéad, seasca agus ceithre lá sa bhliain ar féidir leat bronntanas neamhlá breithe a fháil."

"Cinnte," arsa Eilís.

"Agus nach bhfuil ach lá amháin ann chun bronntanais lá breithe a fháil, an dtuigeann tú? Sin é an ghlóir duit!"

"Níl a fhios agam cad atá i gceist agat nuair a deir tú 'an ghlóir'," arsa Eilís.

Chuir Filimín Failimín straois air féin le teann dímheasa. "Ar ndóigh níl a fhios agat—go n-inseoidh mé duit. Is éard atá i gceist agam 'sin argóint dheas dhobhréagnaithe duit!'"

"Ach ní 'argóint dheas dhobhréagnaithe' is brí le 'glóir'," arsa Eilís go míshásta.

"Nuair a bhainimse úsáid as focal," arsa Filimín Failimín agus iarracht de tharcaisne ina ghuth, "is ionann a bhrí agus an bhrí is mian liom a thabhairt dó—gan dul os a chionn sin ná faoina bhun."

"Is í an cheist atá ann," arsa Eilís, "an féidir leat an oiread sin ciall éagsúil a thabhairt do na focail."

"Is í an cheist atá ann," arsa Filimín Failimín, "cé a bheidh ina mháistir—sin an méid."

Bhí an oiread sin mearbhaill ar Eilís nach leomhfadh sí rud ar bith a rá. Tar éis tamaill mar sin thosaigh Filimín Failimín arís, "Bíonn cuid díobh teasaí—na briathra go háirithe, is iad na cinn is postúla iad—is féidir leat rud ar bith a dhéanamh leis na haidiachtaí, ach ní leis na briathra. Is féidir liomsa, áfach, iad uile go léir a láimhseáil. Do-threáiteacht! Sin é an rud a deirimse!"

"Ar mhiste leat insint dom, más é do thoil é," arsa Eilís, "cad is brí leis sin?"

"Anois tá tú ag caint mar a bheadh páiste réasúnta," a dúirt Filimín Failimín, agus bhí cuma an-sásta air. "Is éard a bhí i gceist agam leis an bhfocal 'do-threáiteacht' go raibh ár ndóthain faighte againn den ábhar comhrá sin, agus go mbeadh sé chomh maith agat a insint dom cad é an chéad rud eile atá fút a dhéanamh, mar déanaim talamh slán de nach bhfuil sé ar intinn agat fanacht anseo an chuid eile de do shaol."

"Is an-toirtiúil an bhrí sin a bhaineann tú as aon fhocal amháin," arsa Eilís go smaointeach.

"Nuair a chuirim iachall ar fhocal a lán oibre mar sin a dhéanamh," arsa Filimín Failín, "tugaim airgead breise i gcónaí dó."

"Ó!" arsa Eilís. Bhí an iomarca mearbhaill uirthi le rud ar bith eile a rá.

"Á, ba chóir duit iad a fheiceáil ag teacht thart chugam oíche Dé Sathairn," arsa Filimín Failimín ag leanúint air agus é ag bogadh a chloiginn ó thaobh go taobh, "ag iarraidh a gcuid pá, tá a fhios agat."

(Ní raibh sé de mhisneach ag Eilís fiafraí de cad leis a n-íocadh sé iad; agus tuigeann tú mar sin nach féidir liomsa a insint duitse.)

"Is cosúil go bhfuil tú an-chliste ag míniú focal, a Dhuine Uasail," arsa Eilís. "Ar mhiste leat an dán dar teideal 'Geabairleog' a mhíniú dom?"

"Inis dom é," arsa Filimín Failimín. "Is féidir liom gach dán dár cumadh riamh a mhíniú duit—agus mórán eile freisin nár cumadh fós."

Ba thuar dóchais é sin d'Eilís agus d'aithris sí an chéad rann:

Briollaic a bhí ann; bhí na tóibhí sleo
ag gírleáil 's ag gimleáil ar an taof.
B'an-chuama go deo na borragóibh
is bhí na rádaí miseacha ag braíomh.

"Is leor sin mar thús," arsa Filimín Failimín ag teacht roimpi. "Is iomaí sin focal deacair atá ansin agat. Is éard is brí le '*briollaic*' an t-am timpeall is a ceathair a chlog tráthnóna nuair a thosaítear ar rudaí a *ghriolladh* is a *bhruith* le haghaidh an dinnéir."

"Déanfaidh sé sin go han-mhaith," arsa Eilís, "agus '*tóibhí*'?"

"Is créatúir '*tóibhí*' atá roinnt cosúil le broic—agus tá siad roinnt cosúil le hearca luachra—agus tá siad roinnt cosúil le corcscriúnna chomh maith."

"Caithfidh gur rí-aisteach an chuma atá orthu."

"Is aisteach, go deimhin," arsa Filimín Failimín. "Is faoi chloig gréine a dhéanann siad a neadacha—agus is ar cháis a mhaireann siad."

"Agus cad is brí le '*sleo*'?" arsa Eilís.

"Is éard is brí leis," arsa Filimín Failimín, "'*sleamhain*' agus '*beo*'. Is cineál portmanta atá ann, mar tá dhá chiall éagsúla pacáilte isteach ann."

"Tuigim é sin anois," arsa Eilís, "agus cad is brí le '*gírleáil*' is '*gimleáil*'?"

"Is ionann '*gírleáil*' agus casadh timpeall mar a dhéanann gíreascóp. Is éard is brí le '*gimleáil*' poill a tholladh mar a bheadh gimléad."

"Agus is dócha gurb ionann an '*taof*' agus an plásán féir thart ar an gclog gréine," arsa Eilís. Chuir a clisteacht féin iontas uirthi.

"Is é, go deimhin. '*Taof*' a thugtar air, an dtuigeann tú, toisc go leathnaíonn sé taobh thiar agus taobh thoir den chlog gréine—"

"Agus taobh thall de freisin," arsa Eilís.

"Go díreach. Anois, is ionann '*cuama*' agus 'cumhúil agus gruama' (sin portmanta eile duit). Is éard is '*borragóbh*' ann éan tanaí gioblach a mbíonn a chleití ag gobadh amach ar a fhuaid—is geall le mapa beo é."

"Agus cad faoi '*rádaí miseacha*'?" arsa Eilís. "Is oth liom an oiread seo trioblóide a chur ort."

"Bhuel is cineál muc ghlas atá sa '*ráda*'; ach nílim cinnte faoin bhfocal '*miseach.*' Is dóigh liom gur leagan giorraithe de 'imithe ar seachrán' atá ann—bhí siad ar strae, an dtuigeann tú?"

"Agus cad is brí le '*braíomh*'?

"Is fuaim an '*braíomh*' atá leath bealaigh idir búir agus fead ach a bhfuil sraoth ina lár. Má chloiseann tú braíomh á dhéanamh, beidh tú sásta. Cé bhí ag aithris an stuif deacair sin duit?"

"Léigh mé i leabhar é," arsa Eilís. "Ach aithrisíodh filíocht dom freisin, ab éasca go mór ná an dán sin. Ba é Manachar a d'aithris dom í, is dóigh liom."

"Maidir le filíocht, an dtuigeann tú," arsa Filimín Failimín agus é ag síneadh amach leathlámh ollmhór leis, "is féidir liomsa filíocht a aithris chomh maith le duine eile, mura mbeidh dul as agam."

"Ó, tá dul as agat!" arsa Eilís faoi dheifir, agus í ag féachaint lena chosc."

"An dán atáim ag dul a aithris," arsa Filimín Failimín gan aird ar bith a thabhairt ar a ndúirt Eilís, "is go huile agus go hiomlán le haghaidh do phléisiúirse a cumadh é."

Mhothaigh Eilís sa chás sin gur cheart di dáiríre éisteacht leis. Shuigh sí síos mar sin agus dúirt 'Go raibh maith agat' beagáinín brónach.

"*Sa gheimhreadh faoina chlóca bán,*
mar phléisiúr duitse canaim dán—

ach ní chanaim é," a dúirt Filimín Failimín mar mhíniúchán.

"Feicim nach bhfuil tú á chanadh," arsa Eilís.

"Más féidir leat feiceáil an bhfuilimse ag canadh nó nach bhfuil, is géire do dhá shúil ná súile fhormhór na ndaoine," arsa Filimín Failimín go borb. D'éist Eilís.

"*San earrach is gach ní go glas,*
is ea léireod m'intinn duit go pras."

"Táim fíorbhuíoch díot," arsa Eilís.

"*Sa samhradh nuair is sínte an lá*
gach seans go dtuigfidh tú mo rá.

San fhómhar agus a duilliúr buí,
faigh peann is pár is bí á scríobh."

"Scríobhfaidh mé síos é, más féidir liom cuimhneamh air an fad sin ama," arsa Eilís.

"Ní gá duit leanúint ort ag rá rudaí den chineál sin," arsa Filimín Failimín. "Níl ciall ar bith leo agus cuireann siad isteach orm."

"Go dtí na héisc do chuireas scéal.
is dúras ''Sí seo mo thoilse féin.'

Na héiscíní a bhíonn sa tsnámh,
chugam chuir siad freagra anall.

An freagra a sheol siad chúm arís:
'Ní thig a dhéanamh duit de bhrí—'"

"Tá brón orm ach ní thuigim an scéal ar fad," arsa Eilís.

"Rachaidh sé i bhfusacht ar ball beag," arsa Filimín Failimín á freagairt.

Do chuir mé dóibh ar ais in iúl:
'Molaim daoibhse bheith go humhal.'

D'fhreagair na héisc ansin de gháir
is dúirt, 'Dar fia, nach oibrithe atáir!'

Aon uair a labhair mé, ansin faoi dhó;
níor éist siad lena ndúirt mé leo.

Fuair mé sáspan ollmhór beacht
a bhí don phlean a bheartaíos ceart.

Faoin gcaidéal líonas é go barr
is mo chroíse ag preabarnach im lár.

Tháinig duine ar ais le scéal:
''Na gcodladh go fóill atá na héisc.'

'Do dhualgas,' a dúrt, 'ní fheadraís.
'Nois téir is múscail iad arís!'

Dúirt mé thíos is dúirt mé thuas;
bhéiceas go hard isteach 'na chluas!"

D'ardaigh Filimín Failimín a ghlór an-ard agus é ag rá an leathrainn sin go dtí gur ag screadach a bhí sé nach mór. Tháinig creathán ar Eilís agus arsa sise "Níor mhaith liom bheith in áit an teachtaire dá bhfaighinn Éire gan roinnt!"

"Bhí sé righin is mór ann féin
is dúirt, 'Ní gá do bhéicíl thréan!'

Bhí sé mór ann féin is teann
is dúirt 'Is ea, dúiseod iadsan, má—'

Bhain mé an corcscriú den tseilf is chuas
liom féin chun iad a mhúscailt suas.

Nuair a fuair mé an doras dúnta romham,
phlanc mé, chnag mé, bhuail mé trom.

Nuair a d'airíos go raibh mé dúnta amach,
d'iarras an doras a oscailt, ach—"

Bhí ciúnas fada ann.

"An é sin a bhfuil ann?" arsa Eilís go heaglach.

"Sin a bhfuil," arsa Filimín Failimín. "Slán leat!"

Bhí sé sin cineál tobann, dar le hEilís. Ach tar éis leid chomh láidir a fháil go mba chóir di imeacht, cheap sí nach mbeadh sé dea-bhéasach di fanacht. D'éirigh sí sin, agus shín amach a lámh. "Slán agat go gcasfar ar a chéile arís sinn!" a dúirt sí chomh gliondrach agus a bhí sí in ann.

"Ní aithneoinn thú arís, dá gcasfaí ar a chéile arís sinn," arsa Filimín Failimín go míshásta, agus é ag tabhairt méar amháin di le croitheadh. "Tá an iomarca cosúlachta le daoine eile agat."

"Is í an aghaidh an rud a aithnítear go hiondúil," arsa Eilís go smaointeach.

"Sin é go díreach an t-ábhar gearáin atá agam," arsa Filimín Failimín. "Is ionann d'aghaidhse agus aghaidh gach duine eile—dhá shúil anseo—" (agus tharraing sé a n-áit san aer lena ordóg) "srón sa lár, agus béal fúithi sin. Is mar a chéile na haghaidheanna i gcónaí. Dá mbeadh do dhá shúil ar an aon taobh den tsrón, cuir i gcás—nó dá mbeadh do bhéal thuas—ba mhór an cúnamh é sin."

"Níor dheas an chuma a bheadh air sin," arsa Eilís go láidir. Ní dhearna Filimín Failimín ach a dhá shúil féin a dhúnadh. "Fan go mbainfidh tú triail as," a dúirt sé ansin.

D'fhan Eilís nóiméad nó dhó ag féachaint an labhródh sé arís, ach níor oscail sé a shúile ná níor thug sé aird ar bith eile uirthi. Leis sin dúirt sí "Slán agat!" uair amháin eile agus nuair nach bhfuair sí freagra ar bith, shiúil sí léi go ciúin. Ach ní fhéadfadh sí gan a rá léi féin agus í ag imeacht uaidh, "Nárbh é an duine é ba mhíchuntanósaí—" (dúirt sí é sin arís os ard, mar ba mhór an sásamh di a leithéid d'fhocal fada a rá) "nárbh é an duine é ba mhíchuntanósaí dár—" Níor chríochnaigh sí riamh an abairt, mar ag an bpointe sin féin bhain tuairt mhór croitheadh as gach páirt den choill.

CAIBIDIL VII

An Leon agus an tAonbheannach

Is gearr go raibh saighdiúirí ag rith tríd an gcoill, ina mbeirteanna is ina dtriúir ar dtús, ansin deichniúr nó scór duine le chéile, agus sa deireadh thiar bhí slua chomh mór sin ann go bhfacthas d'Eilís gur líon siad an fhoraois ar fad. Chuaigh sí i bhfolach ar chúl crainn, ar eagla go leagfaidís í, agus d'fhan sí ag féachaint orthu ag dul thar bráid.

Shíl sí nach bhfaca sí riamh ina saol saighdiúirí a bhí chomh héadaingean ar a gcosa. Bhíodh an oiread sin rudaí ag baint tuisle astu agus nuair a thiteadh duine amháin díobh, leagadh sé roinnt saighdiúirí eile. Níorbh fhada mar sin go raibh an talamh breac le carnáin bheaga daoine.

Tháinig na capaill ansin. Ba chosdaingne iadsan ná na coisithe, mar gur cheithre chos a bhí fúthu; ach thuislíodh na capaill uaireanta agus ba é an nós é, de réir cosúlachta, nuair a bhaintí tuisle as capall, go dtiteadh an marcach dá dhroim láithreach bonn. Bhí an tranglam ag dul in olcas le gach nóiméad, agus ba mhór an faoiseamh d'Eilís é dul amach as an gcoill agus isteach in áit ghlan. Fuair sí an Rí Bán ina shuí ar an talamh roimpi, agus é ag scríobh ina leabhrán nótaí.

"Chuir mé iad uile go léir ann!" arsa an Rí go han-sásta, nuair a thug sé Eilís faoi deara. "Ar casadh saighdiúir ar bith ort, a thaisce, agus tú ag teacht tríd an gcoill?"

"Casadh, go deimhin," arsa Eilís. "Roinnt mílte díobh, is dóigh liom."

"Ceithre mhíle, dhá chéad agus seachtar, le bheith go cruinn beacht," arsa an Rí agus é ag féachaint ar a leabhrán. "Ní raibh mé in ann na marcaigh go léir a chur ann, tá a fhios agat, nó tá beirt díobh ag teastáil sa chluiche. Níor chuir mé an dá theachtaire ann ach an oiread. Tá siad sin imithe chun an bhaile mhóir. An bhféadfá féachaint síos an bóthar, agus a rá liom an bhfuil ceachtar acu ag teacht?"

"Inseoidh mé duit cé a fheicim ar an mbóthar," arsa Eilís ag féachaint go géar, "—duine ar bith."

"Faraor nach bhfuil a leithéidí sin de shúile agamsa!" arsa an Rí go stuacach. "Nuair nach bhfuil Duine ar Bith ann, feiceann tú é. Agus an fad sin uait freisin! Féach, is é mo dhícheall é daoine atá ann a fheiceáil faoin solas seo!"

Níor thuig Eilís cad a bhí an Rí a rá, mar bhí sí fós ag féachaint ar feadh an bhóthair, is a bos lena héadan. "Feicim duine éigin anois!" a dúirt sí sa deireadh. "Ach is ag siúl go hanmhall atá sé—agus nach aisteach na gothaí atá sé a chur air féin!" (Is amhlaidh a bhí an Teachtaire ag pocléimneach suas agus anuas, á lúbadh féin ar nós eascainne sa tsiúl dó, agus a lámha móra leathana amach óna thaobhanna mar a bheadh feananna.)

"Ní aisteach iad ar chor ar bith," arsa an Rí. "Is Teachtaire Angla-Shacsanach é—agus is gothaí Angla-Shacsanacha na geáitsí úd. Ní bhíonn a leithéidí sin air ach amháin nuair atá sé gealgháireach. Giorria a thugtar air.

Ní raibh neart ag Eilís air nuair a thosaigh sí ag rá, "Le G a ghráim mo ghrása, mar is Gealgháireach atá sé. Is gráin liom é, mar tá sé Gránna. Is le Gabhdóga agus le Gabhálacha féir a bheathaím é. Is é Giorria a ainm agus tá cónaí air—"

"I nGleanntán," arsa an Rí go simplí, gan tuiscint dá laghad aige go raibh sé ag glacadh páirte sa chluiche, fad is a bhí Eilís ag smaoineamh ar áit chónaithe a thosódh ar G. "Haite atá ar an Teachtaire eile. Ní mór dom beirt a bheith agam, tá a fhios agat—le teacht agus imeacht. Tagann duine acu agus imíonn an duine eile."

"Iarraim pardún ort?" arsa Eilís.

"Ní deas an nós é rudaí a iarraidh," arsa an Rí.

"Is éard a bhí i gceist agam," arsa Eilís, "nár thuig mé thú. Cén fáth a mbíonn duine ag teacht agus duine ag imeacht?"

"Nach bhfuil sé sin inste agam duit?" arsa an Rí le teann mífhoighne. "Caithfidh mé beirt a bheith agam le rudaí a thabhairt uaim agus rudaí a bhreith chugam. Duine le nithe a thabhairt chugam, agus an duine eile chun iad a bhreith uaim."

Tháinig an Teachtaire i láthair an nóiméad sin. Bhí saothar chomh mór air, nach raibh sé in ann focal ar bith a rá. Níor fhéad sé ach a lámha a luascadh san aer agus strainceanna uafásacha a chur air féin leis an Rí.

"Le G a ghránn an cailín seo thú," arsa an Rí, agus é ag cur Eilíse in aithne dó chun go mbainfeadh sé aird an Teachtaire de féin—ach ba bheag an mhaith dó é—is amhlaidh a bhí na gothaí Angla-Shacsanacha ag dul i dtreise agus in áiféisí in aghaidh gach nóiméid, agus bhí na súile móra ag rothlú go fiáin ó thaobh go taobh.

"Cuireann tú imní orm!" arsa an Rí. "Tá meirfean ag teacht orm. Tabhair gabhdóg dom!"

Ansin d'oscail an Teachtaire mála a bhí ar crochadh lena mhuineál agus, rud a bhain gáire as Eilís, thug sé gabhdóg don Rí, agus d'alp seisean siar go craosach í.

"Gabhdóg eile!" arsa an Rí.

"Níl tada fágtha anois," arsa an Teachtaire ag féachaint isteach sa mhála, "ach gabháil fhéir."

"Gabháil fhéir, mar sin," arsa an Rí i gcogar lag.

Bhí faoiseamh ar Eilís nuair a chonaic sí gur chuir an ghabháil fhéir beocht mhór ann. "Níl aon rud mar ghabháil fhéir," a dúirt sé léi agus é ag cogaint leis, "nuair atá meirfean ag teacht ort."

"Cheapfainnse féin gur fearr uisce te a chaitheamh ort," arsa Eilís, "—nó beagán cumharshalainn a thabhairt duit."

"Ní dúirt mé nach raibh tada ní b'fhearr ná gabháil fhéir," arsa an Rí. "Dúirt mé nach raibh rud ar bith mar í." Níorbh fhéidir le hEilís an méid sin a shéanadh.

"Cé a scoith tú thairis ar an mbóthar?" arsa an Rí ag leanúint den cheistiú agus shín sé amach a lámh ag iarraidh tuilleadh tuí.

"Duine ar Bith," arsa an Teachtaire.

"An-cheart," arsa an Rí. "Chonaic an cailín seo freisin é. Dá bhrí sin, cé is moille ná tusa ag siúl? Duine ar Bith."

"Déanaimse mo dhícheall," arsa an Teachtaire go crosta. "An féidir a rá faoi Dhuine ar Bith gur tapúla é sa tsiúl ná mise?"

"Ní féidir. Dá mba thapúla é, bheadh sé anseo romhat. Ó tá do chuid anála ar ais agat, inis dúinn cad a thit amach sa bhaile mór."

"Inseoidh mé duit i gcogar é," arsa an Teachtaire. Chuir sé a dhá lámh lena bhéal chun troimpéad a dhéanamh agus chrom sé síos le bheith chomh cóngarach agus ab fhéidir do chluas an

Rí. Ba thrua le hEilís é sin, mar theastaigh uaithise an nuacht a chloisteáil freisin. Ach in ionad an rud a rá i gcogar, is amhlaidh a bhéic sé de ghlór an-ard “Tá siad ag troid arís!”

“An cogar a thugann tú air sin?” arsa an Rí bocht, agus é ag preabadh aníos agus á chroitheadh féin. “Má dhéanann tú a leithéid arís, féachfaidh mé chuige go leathfar im ort! Chuaigh sé sin trí mo cheann mar a bheadh crith talún.”

“Ba bheag bídeach an crith talún a bheadh ann!” arsa Eilís léi féin. “Cé atá ag troid arís?” a dúirt sí os ard.

“An Leon agus an tAonbheannach, ar ndóigh.” arsa an Rí.

“Ag troid mar gheall ar an gcoróin?”

“Is ea, go deimhin,” arsa an Rí. “Agus is é an chuid is fearr den ghreann gur ar mo cheannsa atá an choróin i gcónaí. Rithimis chun féachaint orthu!” Agus d’imigh siad leo de shodar. Dúirt Eilís focail an tseanamhráin léi féin agus í ag rith—

“Bhí an Leon ’s an tAonbheannach ag coimheascar faoin gcoróin;
greadadh a fuair an tAonbheannach ó lapaí móra an Leoin.
Tugadh builín agus caiscín agus císte plumaí dóibh,
is le drumaí ’ruaig na daoine iad amach as an mbaile mór.”

“An amhlaidh a gheobhaidh—an té—a ghnóthóidh—an amhlaidh a gheobhaidh sé—an choróin?” arsa Eilís chomh maith agus ab fhéidir léi, nó chuir an rith tréan an-saothar uirthi.

“A thiarcais, ní bhfaighidh!” arsa an Rí. “A leithéid de smaoineamh!”

“An mbeifeá—chomh maith is,” arsa Eilís agus gearranáil uirthi, tar éis di beagán eile a rith, “go seasfá nóiméad—sa chaoi go bhfaigheadh duine—a anáil leis?”

“Beidh mé chomh maith,” arsa an Rí, “ach ní bheidh mé chomh tréan. Téann nóiméad thart chomh tapa sin, an dtuigeann tú? Bheadh sé chomh maith agat féachaint le breith ar Bhandarsnap!"

Ní raibh puth dá hanáil ag Eilís lena bheith ag caint. Mar sin lean siad orthu ag sodar gan focal as aon duine, go dtí go bhfaca siad slua mór agus ina lár an Leon agus an tAonbheannach ag troid. Bhí ceo deannaigh chomh mór sin thart timpeall orthu, nár léir d'Eilís ar dtús cérbh é an Leon agus cérbh é an tAonbheannach. Ba ghearr, áfach, gur aithin sí an tAonbheannach ar a adharc.

Chuaigh Eilís agus an Rí suas san áit a raibh Haite, an teachtaire eile, ina sheasamh agus é ag féachaint ar an troid. Bhí cupán tae i leathlámh leis agus píosa aráin agus im air sa lámh eile.

"Is le gairid a tháinig sé amach as an bpríosún," arsa Giorria de chogar le hEilís, "agus ní raibh a chuid tae críochnaithe aige nuair a chuaigh sé isteach. Nuair a bhí sé istigh, ní fhaigheadh sé mar bhia ach sliogáin oisrí. Fágann sin go bhfuil an-tart air."

Chuir Giorrai a lámh go grámhar timpeall mhuineál Haite. "Conas atá tú in aon chor, a mhic?" arsa sé leis.

D'fhéach Haite timpeall, chlaon a cheann agus lean air ag ithe a chuid aráin is ime.

"An raibh sonas ort sa phríosún, a mhic?" arsa Giorria.

D'fhéach Haite timpeall arís agus rith cúpla deoir anuas a ghrua: ach ní dúirt sé focal ar bith.

"Bí ag caint, a deirim!" arsa Giorria de liú mífhoighneach. Ach ní dhearna Haite ach leanúint air ag cogaint agus shlog sé bolgam eile tae.

"Bí ag caint, arú!" arsa an Rí. "Conas atá an troid ag teacht ar aghaidh?"

Rinne Haite sáriarracht agus shlog sé píosa mór aráin is ime. "Tá an troid ag teacht ar aghaidh go breá," a dúirt sé agus é á thachtadh, "Thit gach aon duine den bheirt timpeall seacht n-uaire is ochtó."

"Is dócha mar sin go dtabharfar an builín is an caiscín dóibh go luath," arsa Eilís agus beagán amhrais ar a glór.

"Tá an t-arán ag fanacht leo cheana," arsa Haite. "Is cuid de é seo atá á ithe agam."

Bhí scíth ón troid an nóiméad sin. Shuigh an Leon agus an tAonbheannach síos agus saothar orthu agus ghlaoigh an Rí amach "Beidh deich nóiméad agaibh chun beagán a ithe is a ól!" Thosaigh Giorria agus Haite láithreach ar thráidirí a thabhairt thart a raibh builín is caiscín orthu. Thóg Eilís píosa le blaiseadh de ach bhí sé an-tur.

"Ní dócha go ndéanfaidh siad tuilleadh troda inniu," arsa an Rí le Haite. "Téigh agus abair leis na drumaí tosú." D'imigh Haite leis ag preabadh ar nós dreoilín teaspaigh.

D'fhan Eilís ina tost tamall ag féachaint air ag imeacht. Gheal a haghaidh go tobann. "Féach! Féach!" arsa sise agus í ag síneadh a méire amach, "Tá an Bhanríon Bhán ag rith trasna na tíre! Tháinig sí rith amach as an gcoill úd thall. Nach tapa a ritheann na Banríonacha sin!"

"Ní foláir nó tá namhaid éigin ar a tóir," arsa an Rí gan féachaint timpeall fiú amháin. "Tá an choill úd lán leo."

"Ach nach rithfidh tú chuici a chúnamh di?" arsa Eilís leis an Rí. B'ionadh léi a réchúisí a bhí sé faoin scéal.

"Ní bheadh maith ar bith ann," arsa an Rí. "Ritheann sí chomh huafásach tapa sin. Bheadh sé chomh maith agat féachaint le breith ar Bhandarsnap! Ach déanfaidh mé nóta den rud, más mian leat—Is muirneach lách an bhean í," a dúirt sé go bog leis féin agus é ag oscailt a leabhrán nótaí. "An bhfuil síneadh fada ar an bhfocal 'muirneach'?"

Tháinig an tAonbheannach ag fálróid tharstu ag an nóiméad sin, a lámha ina phócaí aige.

"Agamsa a bhí an lámh in uachtar ar ball," a dúirt sé leis an Rí ag féachaint air ar éigean.

"Bhí beagán," a thug an Rí de fhreagra agus neirbhís éigin air. "Ba chóir duit gan é a shá, tá a fhios agat."

"Níor ghortaigh mé é," arsa an tAonbheannach go neamh-chúiseach agus bhí rún aige siúl ar aghaidh nuair a fuair sé spléachadh ar Eilís. Ba ghearr gur chas sé agus d'fhan tamall ag féachaint uirthi le teann déistine.

"Cad—atá—anseo?" a dúirt sé sa deireadh.

"Páiste atá inti!" arsa Giorria go díograiseach agus é ag dul os comhair Eilíse le go gcuirfeadh sé in aithne don Aonbheannach í. Leath sé amach a dhá lámh amhail gotha Angla-Shacsanach agus dúirt "Is inniu féin a fuaireamar í. Seo agat í mar sin idir chorp agus anam!"

"Chreid mise riamh nach raibh iontu ach arrachtaí i bhfinscéalta," arsa an tAonbheannach. "An beo atá sí?"

"Tá caint aici," arsa Haite go sollúnta.

D'fhéach an tAonbheannach ar Eilís go haislingeach agus dúirt "A pháiste, bí ag caint."

Ní raibh neart ag Eilís air nuair a tháinig meangadh gáire ar a beola. "An bhfuil a fhios agat," a dúirt sí, "cheap mise riamh gur arrachtaí i bhfinscéalta a bhí sna hAonbheannaigh freisin. Ní fhaca mé ceann beo go dtí anois."

"Bhuel, ó chonaiceamar a chéile," arsa an tAonbheannach, "má chreideann tusa ionamsa, creidfidh mise ionatsa. An mbeidh sé ina mhargadh?"

"Beidh, más maith leat," arsa Eilís.

"Féach, bain amach an císte plumaí, a chara liom!" arsa an tAonbheannach ag casadh chuig an Rí. "Ní thaitníonn builín ná caiscín liomsa!"

"Cinnte dearfa!" arsa an Rí faoina anáil, agus bhagair sé ar Ghiorria. "Oscail an mála!" a dúirt sé de chogar. "Déan deifir! Ní hé an ceann sin atá i gceist agam. Níl ann ach féar tirim!"

Bhain Giorria císte mór amach as an mála agus thug d'Eilís é chun é a choinneáil, fad is a bhí sé féin ag baint pláta mór agus scian fhada amach. Níor thuig Eilís ar chor ar bith conas a tháinig gach rud amach as an aon mhála amháin. Cheap sí gur cleas draíochta a bhí ann.

Tháinig an Leon i láthair nuair a bhí sé sin ar bun. Cuma thuirseach chodlatach a bhí air agus bhí a dhá shúil leathdhúnta. "Cad é seo?" a dúirt sé agus é ag caochadh a dhá shúil go leisciúil ar Eilís. Ba dhomhain toll a ghlór mar a bheadh bualadh clog mór teampaill ann.

"Is ea, cad é atá ann, an dóigh leat? Ní thomhaisfeá go deo é. Ní raibh tuairim dá laghad agamsa faoi."

D'fhéach an Leon go tnáite ar Eilís. "An ainmhí—nó glasra—nó mianra thú?" a dúirt sé agus é ag méanfach go tréan le linn na cainte dó.

"Is arracht finscéalach í," arsa an tAonbheannach sula raibh deis ag Eilís freagra a thabhairt ar an Leon.

"Cuir timpeall an císte, a Arracht, más ea," arsa an Leon agus luigh sé ar an talamh agus leag a smig ar a lapaí tosaigh. "Suígíse beirt síos," arsa an Leon leis an Rí agus leis an Aonbheannach. "Agus bíodh cothrom na Féinne leis an gcíste, arú!"

Ní mó ná sásta a bhí an Rí nuair a bhí air suí síos idir an dá ainmhí mhóra; ach ní raibh áit ar bith eile ann dó.

"Nach iontach an troid a bheidh againn feasta mar gheall ar an gcoróin," arsa an tAonbheannach agus é ag féachaint suas go slítheánta ar an gcoróin ar chloigeann an Rí. Bhí an oiread sin faitís ar an Rí gur bheag nár lig sé dá choróin titim dá cheann le teann creatha.

"Mise a ghnóthóidh go héasca," arsa an Leon.

"Ní bheinnse chomh cinnte de sin," arsa an tAonbheannach.

"Bhuail mé thú timpeall an bhaile mhóir uile, a chroí circe!" arsa an Leon go feargach, agus d'éirigh sé ina leathsheasamh sa chainte dó.

Tháinig an Rí rompu ansin mar theastaigh uaidh an t-aighneas a chosc. Bhí an-neirbhís air agus bhí crith ina ghlór. "Timpeall an bhaile mhóir go léir?" a dúirt sé. "Tá sé sin sách fada mar bhealach. An thar an seandroichead a chuaigh sibh, nó trí chearnóg an mhargaidh? Is fearr an radharc atá ón seandroichead."

"Dheamhan a fhios agam," arsa an Leon go míshásta agus é ag luí síos arís. "Bhí an oiread sin deannaigh ann nach bhfaca mé tada. Nach fada atá an tArracht ag gearradh an chíste!"

Bhí Eilís ina suí ar bhruach srutháinín agus an pláta mór ar a dhá glúin. Bhí sí ar a dícheall ag sáibhéireacht leis an scian mhór. "Is mór an crá croí é!" arsa sise mar fhreagra ar an Leon (bhí cleachtadh maith aici faoin am sin leis an leasainm "an tArracht"). "Ghearr mé roinnt píosaí cheana, ach tá siad seasta ag ceangailt leis an gcíste arís!"

"Ní thuigeann tú an tslí le cístí Scátháin a láimhseáil," arsa an tAonbheannach. "Dáil amach ar dtús é agus gearr suas ina dhiaidh sin é."

Chonacthas d'Eilís gur deargsheafóid a bhí sa mhéid sin, ach d'éirigh sí go humhal agus d'iompair an pláta mór timpeall. Rinneadh trí phíosa den chíste fad is a bhí sí á dhéanamh sin. "Gearr suas anois é," arsa an Leon léi nuair a bhí sí ag dul ar ais chuig a háit féin agus an pláta folamh aici.

"Féach," arsa an tAonbheannach. "Níl sé seo féaráilte!" Bhí Eilís ina suí agus an scian ina lámh agus níor thuig sí ón talamh aníos conas a thosódh sí ag gearradh an chíste. "Thug an tArracht a dhá oiread don Leon agus a thug sí domsa!"

"Níor choinnigh sí tada di féin ar aon nós," arsa an Leon. "An dtaitníonn císte plumaí leat, a Arracht?"

Sular fhéad Eilís é a fhreagairt, thosaigh na drumaí.

Ní raibh a fhios aici ón talamh aníos cé as a raibh torann na ndrumaí ag teacht. Bhí an t-aer uile ina timpeall lán de, a cheap sí, agus rinne na drumaí macalla trína ceann go raibh sí bodhar ar fad. D'éirigh sí ar a cosa agus le teann eagla léim sí thar an srutháinín.

*   *   *   *
   *   *   *
*   *   *   *

Is ar éigean a bhí Eilís in am chun an Leon agus an tAonbheannach a fheiceáil ag éirí ina seasamh. Bhí siad anmhíshásta toisc gur cuireadh isteach ar a bhféasta. Thit Eilís ar a dhá glúin ansin agus chuir sí a lámha ar a cluasa agus í ag iarraidh in aisce an raic uafásach a choinneáil amach.

"Mura ruaigfidh an torann úd amach as an mbaile mór iad," a dúirt sí léi féin, "ní ruaigfidh rud ar bith iad!"

CAIBIDIL VIII

"Mise a chum is a cheap"

Chuaigh an torann i léig de réir a chéile agus bhí ciúnas iomlán ann. D'ardaigh Eilís a ceann agus imní uirthi. Ní raibh duine ná deoraí le feiceáil agus ba é an chéad rud a rith léi gur chuid de bhrionglóid ab ea an Leon, an tAonbheannach agus na teachtairí aisteacha Angla-Shacsanacha úd. Bhí an pláta mór ina luí ag a cosa, áfach, an pláta a ndearna sí iarracht an císte a ghearradh air. "Fágann sin nach brionglóideach a bhí mé," arsa Eilís léi féin, "murach—murach gur cuid sinn uile den aon bhrionglóid amháin. Tá súil agam gurb í mo bhrionglóidse í seachas brionglóid an Rí Dheirg! Ní deas liom a bheith páirteach i mbrionglóid duine eile," a dúirt sí agus beagán cantail ina glór. "Níor mhiste liom dul agus é a dhúiseacht, le go bhfeicfinn cad a thitfeadh amach!"

Cuireadh isteach ar a cuid smaointe nuair a chuala sí guth láidir ag glaoch "Hóra! Hóra! Sáinn!" Tháinig Ridire agus cathéide dhearg uime ina treo ar cosa in airde agus cleith ailpín mhór á beartú aige. Nuair a shroich sé Eilís, sheas a chapall go tobann. "Is tusa mo phríosúnach!" arsa an Ridire de bhéic, agus thit sé dá chapall.

Baineadh geit as Eilís ach ba mhó a buairt ag an nóiméad sin faoin Ridire ná fúithi féin. D'fhéach sí go himníoch air agus é ag dul suas ar a chapall arís. Ní túisce a bhí sé ina shuí go compordach sa diallait ná thosaigh sé ag glaoch arís "Is tusa mo phríos—" ach tháinig guth eile roimhe le "Hóra! Hóra! Sáinn!" agus d'fhéach Eilís timpeall le hionadh go bhfeicfeadh sí an namhaid nua.

Ridire Bán a bhí ann an uair seo. Tháinig sé aníos chuig taobh Eilíse agus thit dá chapall go díreach mar a rinne an Ridire Dearg roimhe sin. Chuaigh sé suas ar a chapall arís agus d'fhéach an bheirt Ridirí ar a chéile ar feadh scaithimh gan focal as ceachtar acu. D'fhéach Eilís ó dhuine go duine agus mearbhall uirthi.

"Is í mo phríosúnachsa í, tá a fhios agat!" arsa an Ridire Dearg sa deireadh.

"Is í, ach tháinig mise agus d'fhuascail mé í!" arsa an Ridire Bán.

"Ní mór dúinn troid mar gheall uirthi mar sin," arsa an Ridire Dearg, agus ghlac sé a chlogad (a bhí ar crochadh dá dhiallait agus a raibh cuma cloigeann capaill air), agus chuir ar a cheann é.

"Cloífidh tú leis na Rialacha Catha, ar ndóigh?" arsa an Ridire Bán, agus chuir sé a chlogad féin air féin.

"Cloím i gcónaí leo," arsa an Ridire Dearg agus thosaigh siad ag greadadh a chéile chomh fíochmhar sin go ndeachaigh Eilís i bhfolach ar chúl crainn chun a mbuillí a sheachaint.

"Meas tú cad iad na Rialacha Catha?" a dúirt sí léi féin agus í ag breathnú go heaglach ar an troid óna háit folaigh. "Dealraíonn sé gur Riail amháin díobh go leagann Ridire a chéile comhraic nuair a bhuaileann sé é, agus mura mbuaileann, titeann sé féin ar an talamh—agus is Riail eile de réir cosúlachta go gcoinníonn siad a gcleitheanna ailpín lena dhá ngéag amhail is dá mba phuipéid láimhe iad. Nach mór an torann a bhaineann siad as an talamh nuair a thiteann siad! Is geall le hiarainn tine ag titim ar leac na tine iad! Nach suaimhneach iad na capaill! Ligeann siad do na Ridirí titim díobh agus dul suas arís orthu amhail is dá mba bhoird iad!"

Riail eile de na Rialacha Catha ab ea gur anuas ar a gcloigeann a thitidís i gcónaí. Ba é críoch an chatha é nuair a thit an bheirt acu mar sin taobh le taobh. Nuair a d'éirigh siad ina seasamh arís, chroith siad lámh lena chéile, agus chuaigh an Ridire Dearg suas ar a chapall agus d'imigh leis ar cosa in airde.

"Is glórmhar an bua a bhí agam, nach ea?" arsa an Ridire Bán agus é ag teacht aníos chuig Eilís agus saothar air.

"Níl a fhios agam," arsa Eilís go hamhrasach. "Níor mhaith liom a bheith i mo phríosúnach ag aon duine. Ba mhaith liom a bheith i mo Bhanríon."

"Agus is Banríon a bheidh ionat, nuair a rachaidh tú thar an gcéad sruthán eile," arsa an Ridire Bán. "Déanfaidh mise thú a thionlacan go slán sábháilte chuig ceann na coille—beidh orm filleadh ansin, tá a fhios agat. Sin é deireadh mo bhirtse."

"Táim fíorbhuíoch díot," arsa Eilís. "An féidir liom cúnamh a thabhairt duit le do chlogad a bhaint díot?" Ba léir nárbh fhéidir leis an clogad a bhaint dá chloigeann gan chúnamh. D'éirigh le hEilís é a chroitheadh amach as an gclogad sa deireadh thiar thall.

"Anois is féidir liom anáil a tharraingt níos éasca," arsa an Ridire, agus shlíoc sé siar a mhothall gruaige lena dhá lámh. Ansin d'iompaigh sé a aghaidh shéimh is a dhá shúil mhóra ar Eilís. Shíl sí nach bhfaca sí a leithéid de shaighdiúir aisteach riamh ina saol.

Bhí sé gléasta i gcathéide stáin, agus is rídhona a d'fheil sí é. Bhí boiscín aisteach adhmaid ceangailte dá ghuaillí. Bhí sé bunoscionn agus bhí an clár ar oscailt. D'fhéach Eilís ar an mbosca le teann fiosrachta.

"Feicim gur ag breathnú le teann áthais atá tú ar mo bhoiscín beag," arsa an Ridire go cairdiúil. "Mise a chum agus a cheap—chun éadaí agus ceapairí a choinneáil ann. Is bunoscionn a iompraím é, sa chaoi nach dtitfidh aon deoir bháistí ann."

"Ach is féidir leis na rudaí titim amach," arsa Eilís go mánla. "An bhfuil a fhios agat go bhfuil an clár ar oscailt?"

"Ní raibh a fhios agam é sin," arsa an Ridire agus tháinig iarracht den mhísásamh ar a aghaidh. "Ní foláir mar sin nó thit na rudaí go léir amach! Agus níl aon mhaith sa bhosca dá n-uireasa." Scaoil sé an bosca le linn na cainte dó agus bhí sé ar tí é a chaitheamh isteach sna sceacha, nuair a rith smaoineamh tobann leis. Chroch sé an bosca go hairdeallach ar chrann. "An féidir leat a thomhas cén fáth a ndearna mé é sin?"

Chroith Eilís a ceann.

"Le súil go ndéanfaidh beacha a nead ann—ansin gheobhaidh mé an mhil."

"Ach tá coirceog beach agat cheana—nó rud éigin an-chosúil lena leithéid," arsa Eilís. "Tá sí ceangailte den diallait."

"Tá. Is rímhaith an choirceog atá inti," arsa an Ridire. "Coirceog den scoth. Ach níor tháinig oiread is beach amháin in aice léi go fóill. Is gaiste luch an rud eile. Is dócha go ruaigeann na lucha na beacha—nó go ruaigeann na beacha na lucha, níl a fhios agam cé acu é."

"Bhí mé ag fiafraí díom féin cén fáth a raibh gaiste luch agat," arsa Eilís. "Ní móide go mbeidh lucha ar mhuin an chapaill."

"Ní móide, is dócha," arsa an Ridire, "ach má thagann siad, níor mhaith liom go mbeidís ag rith timpeall."

"Féach," arsa seisean tar éis scaithimh, "tá sé chomh maith agam a bheith ullamh do gach uile rud. Sin é an fáth a bhfuil na bráisléid úd timpeall chosa mo chapaill."

"Cén fáth a bhfuil siad ann?" arsa Eilís go fiosrach.

"Mar chosaint ar fhiacla na siorcanna," arsa an Ridire á freagairt. "Mise a chum agus a cheap iad. Anois tabhair cúnamh dom dul suas ar an diallait arís. Tiocfaidh mé leat chomh fada le ceann na coille—cén fáth a bhfuil an pláta sin agat?"

"Is do chíste milis plumaí é," arsa Eilís.

"Bheadh sé chomh maith againn é a thabhairt linn. Beidh sé áisiúil, má thagaimid ar chíste plumaí ar bith. Cuidigh liom é a chur isteach sa mhála seo."

Bhí siad i bhfad á chur sin i gcrích, cé gur choinnigh Eilís an mála ar oscailt go han-airdeallach, ach bhí an Ridire fíoramscaí agus é ag cur an phláta isteach. Rinne sé trí iarracht ar dtús ach thit sé féin isteach sa mhála in áit an phláta. "Is ar éigean atá spás ann dó, an dtuigeann tú?" a dúirt sé, nuair a cuireadh isteach an pláta sa deireadh thiar. "Tá an oiread sin coinnleoirí sa mhála." Chroch sé ansin den diallait é, a raibh mórán nithe eile ceangailte di, glaca cairéad, cuir i gcás, iarainn tine, agus a lán lán eile.

"Tá súil agam go bhfuil do chuid gruaige ceangailte go daingean de do cheann," arsa an Ridire nuair a bhí siad ag tosú ag siúl.

"Ar an ngnáthshlí," arsa Eilís ag déanamh meangadh gáire.

"Ní leor sin dáiríre," arsa an Ridire go himníoch. "Bíonn an ghaoth chomh láidir thart anseo, an dtuigeann tú? Bíonn sí chomh láidir le hanraith."

"Ar cheap tú plean chun cinntiú nach bhfuadófaí a chuid gruaige de dhuine?" arsa Eilís.

"Níor cheapas fós," arsa an Ridire. "Ach tá plean agam a chinnteoidh nach dtitfidh sí de dhuine."

"Ba mhaith liom go mór é sin a chloisteáil."

"Ar an gcéad dul síos faigheann tú maide ingearach," arsa an Ridire. "Ansin féachfaidh tú chuige go snámhfaidh do chuid gruaige suas air, mar a bheadh crann toraidh. Titeann gruaig de dhuine, toisc go mbíonn sí ar crochadh anuas—ní thiteann rudaí aníos, tá a fhios agat. Mé féin a chum agus a cheap an plean sin. Tá cead agat triail a bhaint as, más maith leat."

B'fhacthas d'Eilís nár chompordach an plean a bhí ann. Shiúil sí ar aghaidh ar feadh píosa gan focal ar bith a rá agus í ag smaoineamh ar an bplean. Sheasadh sí gach re seal chun lámh chúnta a thabhairt don Ridire bocht, mar is cinnte nár mhaith an marcach a bhí ann.

Gach uair a sheasadh an capall (agus is an-mhinic a dhéanadh sí é sin), thiteadh an Ridire thar a ceann amach. Agus gach uair a thosaíodh an capall ag siúl arís (rud a dhéanadh sí sách tobann de ghnáth), thiteadh an Ridire siar thar eireaball an chapaill siar. Cé is moite de sin, d'fhanadh an Ridire ar mhuin an chapaill sách maith, ach go mbíodh nós aige titim i ndiaidh a thaoibhe ó am go ham. Ós rud é go ndéanadh sé é sin ar an taobh a raibh Eilís ag siúl, is gearr gur thuig sí gurbh fhearr di gan siúl róghairid don chapall.

"Is eagal liom nach bhfuair tú mórán cleachtaidh sa mharcaíocht," arsa Eilís go dána agus í ag cabhrú leis dul suas tar éis titim den chúigiú huair.

Bhí an-iontas ar an Ridire nuair a chuala sé é sin, de réir dealraimh, agus is léir gur ghoill a raibh ráite ag Eilís air. "Cad chuige a ndeir tú sin?" arsa seisean, agus é ag dreapadh suas sa diallait arís. Choinnigh sé greim docht ar ghruaig Eilíse sa chaoi nach dtitfeadh sé anuas ar an taobh eile.

"Toisc nach dtiteann daoine chomh minic sin, má tá a lán cleachtaidh faighte acu."

"Fuair mise a lán cleachtaidh," arsa an Ridire go sollúnta, "a lán cleachtaidh!"

Ní raibh Eilís in ann tada eile a rá ach "An mar sin é?" ach dúirt sí é chomh croíúil agus ab fhéidir léi. Shiúil siad leo tamall ina dhiaidh sin gan focal as ceachtar acu. Bhí a dhá shúil dúnta ag an Ridire agus bhí sé ag monabhar dó féin. Bhí Eilís ag féachaint air go himníoch agus í ag fanacht leis an gcéad titim eile.

"Is é an rud is tábhachtaí sa mharcaíocht," arsa an Ridire go tobann de ghlór ard agus thosaigh sé ag geáitsíocht lena lámh dheas le linn na cainte dó, "ná coinneáil—" Chríochnaigh an abairt chomh tobann ansin agus a thosaigh sí, mar thit an Ridire go trom ar mhullach a chinn go díreach san áit a raibh Eilís ag siúl. Scanraigh sí an iarraidh seo agus dúirt sí go himníoch fad is a bhí sí á ardú aníos arís, "Tá súil agam nár briseadh cnámh ar bith."

"Níor briseadh ceann ar bith ar fiú trácht air," arsa an Ridire, amhail is gur chuma leis a dó nó a trí dá chnámha a bhriseadh. "Is é an rud is tábhachtaí sa mharcaíocht, mar a bhí mé ag rá, ná—coinneáil ar mheá chothrom i gcónaí. Mar seo, tá a fhios agat—"

Bhain sé a lámh den srian agus leath amach a dhá lámh chun taispeáint d'Eilís an rud a bhí i gceist aige, agus an iarraidh seo thit sé ar chaol a dhroma go díreach faoi chosa a chapaill.

"A lán cleachtaidh?" a deireadh sé arís agus arís eile, fad is a bhí Eilís á ardú ar a chosa. "A lán cleachtaidh!"

"Tá sé seo rósheafóideach ar fad!" arsa Eilís go mífhoighneach an iarraidh seo. "Ba chóir duit capall adhmaid faoi rothaí beaga a bheith agat, ba chóir sin!"

"An siúlann a leithéid sin de chapall go mín réidh?" arsa an Ridire le teann fiosrachta, agus chuir sé a dhá lámh thart ar mhuineál a chapaill le linn na cainte dó, mar dóbair dó titim anuas arís.

"I bhfad níos réidhe ná capall beo," arsa Eilís agus lig scread bheag gáire, dá hainneoin féin.

"Gheobhaidh mé ceann," arsa an Ridire leis féin go smaointeach. "Ceann nó péire—roinnt díobh."

Bhí tost gearr ann ansin go dtí gur thosaigh an Ridire ag caint arís. "Is maith an duine mé chun rudaí nua a cheapadh. Féach, is dócha gur thug tú faoi deara an uair dheiridh a chroch tú aníos mé, gur smaointeach an dreach a bhí orm."

"Cuma beagán tromchúiseach a bhí ort ceart go leor," arsa Eilís.

"Bhuel, an nóiméad sin is amhlaidh a bhí mé ag ceapadh bealach nua le dul thar gheata—ar mhaith leat é a chloisteáil?"

"Ba mhaith go deimhin," arsa Eilís go múinte.

"Inseoidh mé duit an chaoi ar tháinig an smaoineamh chugam," arsa an Ridire. "Is éard a dúirt mé liom féin, 'Tá a fhios gurb iad na cosa an fhadhb. Tá an cloigeann sách ard mar atá.' Féach, cuirim mo chloigeann ar bharr an gheata ar dtús—tá an cloigeann sách ard—ansin seasfaidh mé ar mo chloigeann—ansin beidh na cosa sách ard, an bhfeiceann tú—ansin beidh mé thairis, tá a fhios agat."

"Is ea, is dócha go mbeifeá thairis, nuair a bheadh a leithéid sin déanta agat," arsa Eilís go smaointeach, "ach nach dóigh leat go mbeadh sé beagán deacair?"

"Níor bhain mé triail as fós," arsa an Ridire go sollúnta, "mar sin ní féidir liom a rá go cinnte—ach tá eagla orm go mbeadh sé beagán deacair."

Bhí an chuma air gur chuir an scéal isteach go mór air. Mar sin tharraing Eilís ábhar eile comhrá anuas. "Nach aisteach an clogad atá agat!" a dúirt sí go gealgháireach. "An tusa a cheap é sin freisin?"

Bhreathnaigh an Ridire anuas go bródúil ar a chlogad a bhí crochta dá dhiallait. "Is mé," a dúirt sé, "ach cheap mé ceann eile is fearr ná sin—cuma bhunleathan bharrchaol atá air.

Nuair a chaithinn é, dá dtitinn den chapall, bhuailfeadh an clogad an talamh gan mhoill. Mar sin ba ghearr an t-achar a bhíodh le titim agam, an dtuigeann tú? Ach bhíodh an chontúirt ann go dtitfinnse féin isteach ann. Tharla sé sin dom uair amháin—agus ba é an chuid ba mheasa de, sula bhféadfainn teacht amach as, tháinig an Ridire Bán eile agus chuir an clogad ar a cheann féin. Shíl sé gurbh é a chlogad féin é."

Bhí cuma chomh sollúnta sin ar an Ridire nach raibh de mhisneach ag Eilís gáire a dhéanamh. "Ní foláir nó ghortaigh tú é, is eagal liom," a dúirt sí de ghlór creathach, "más ar bharr a chloiginn a bhí tú."

"Bhí orm é a chiceáil, ar ndóigh," arsa an Ridire go han-dáiríre. "Agus ansin bhain sé an clogad dá cheann arís—ach bhíothas do mo bhaint amach as ar feadh tamaill an-fhada. Bhí mé i bhfostú ann chomh daingean le creideamh láidir."

"Ach is daingne de chineál eile é sin," arsa Eilís ag easaontú leis.

Chroith an Ridire a cheann. "Ba é gach uile chineál daingne i mo chás-sa é, tá mise á rá leat!" D'ardaigh sé a dhá lámh go corraithe le linn na cainte dó, agus rolláil sé láithreach bonn baill as an diallait agus thit i ndiaidh a chinn isteach i ndíog dhomhain.

Rith Eilís chuig bruach na díge á chuardach. Bhain titim an Ridire geit aisti, mar choinnigh sé greim maith ar a chapall ar feadh píosa roimhe sin, agus b'eagal léi an babhta seo gur gortaíodh go dona é. Cé nach bhfaca sí tada, áfach, ach boinn a chos, ba mhór an faoiseamh di é nuair a chuala sí é ag caint ina ghnáthghlór. "Gach uile chineál daingne," a dúirt sé, "ach b'fhaillíoch an mhaise dó clogad duine eile a chur ar a cheann, agus an duine céanna ann."

"Conas is féidir leat leanúint ar aghaidh ag caint chomh ciúin sin agus do chloigeann thíos fút?" arsa Eilís á cheistiú, fad is a bhí sí á tharraingt amach as an díog i ndiaidh a chos? Leag sí ansin ina chnap ar an mbruach é.

Ba léir gur chuir an cheist sin iontas ar an Ridire. "Nach cuma cén áit a bhfuil mo cholainn?" a dúirt sé. "Leanann m'intinn léi ag smaoineamh i gcónaí. Leis an bhfírinne a dhéanamh, dá fhad síos mo chloigeann, is ea is fearr a bhímse ag ceapadh nithe nua."

"An rud dá leithéid ba chliste dá ndearna mé riamh," arsa an Ridire ag leanúint leis tar éis dó bheith ina thost ar feadh scaithimh, "ná maróg nua a cheapadh le linn dinnéir fad is a bhí an cúrsa feola á ithe."

"Sách luath chun go ndéanfaí í a chócaráil le haghaidh an chéad chúrsa eile?" arsa Eilís. "Ba thapa an obair í sin, go deimhin!"

"Bhuel, ní le haghaidh an chéad chúrsa eile," arsa an Ridire de ghlór mall smaointeach. "Ní hea, ní le haghaidh an chéad chúrsa eile."

"Ansin is dócha gur ullmhaíodh lá arna mhárach í. Is dócha nach mbeadh dhá mharóg agat ag an aon dinnéar amháin?"

"Bhuel, níor ullmhaíodh arna mhárach í," arsa an Ridire, "níor ullmhaíodh arna mhárach í. Déanta na fírinne," a dúirt sé agus é ag cromadh a chinn sa chaoi go ndeachaigh a ghuth in ísle is in ísle, "ní dóigh liom gur ullmhaíodh riamh í! Go deimhin, ní chreidimse go n-ullmhófar an mharóg úd go deo na ndeor! Ach ba shárchliste an mharóg í ina dhiaidh sin féin."

"Cad a bhí i gceist agat a chuirfí inti?" arsa Eilís agus í ag súil go n-ardódh sí a mheanma, mar bhí an chuma ar an Ridire bocht gur chuir an scéal brón air.

"Is le páipéar súite a thosaigh sí," arsa an Ridire de chnead.

"Ní ródheas a bheadh sé sin, is eagal liom—"

"Ní ródheas leis féin," a dúirt sé ag teacht roimpi agus díograis ina ghlór, "ach níl aon tuairim agat cén difríocht a dhéanann sé nuair a chuireann tú nithe eile leis—púdar gunna, cuir i gcás, agus céir shéalaithe. Agus ní mór dom scaradh leat anseo." Tháinig siad chuig ceann na coille.

Bhí an-mhearbhall ar Eilís. Is ar an maróg a bhí sí ag smaoineamh.

"Tá brón ort," arsa an Ridire go himníoch. "Lig dom amhrán a rá duit mar shólás."

"An fada an t-amhrán é?" arsa Eilís, mar bhí mórán filíochta cloiste aici an lá sin.

"Má tá sé fada féin," arsa an Ridire, "tá sé an-álainn go deo. Na daoine uile go léir a chloiseann mé á rá—baineann sé deora astu nó—"

"Nó cad é?" arsa Eilís, mar stad an Ridire go tobann.

"Nó ní bhaineann, tá a fhios agat. '*Súile Cadóg*' a thugtar ar ainm an amhráin."

"Ó, sin é ainm an amhráin, an é?" arsa Eilís, ag iarraidh suim a thaispeáint ann.

"Ní hé, ní thuigeann tú," arsa an Ridire, agus bhí cuma beagán crosta air. "Sin é an rud a thugtar ar an ainm. Is é an t-ainm dáiríre '*Seanfhear Aosta*'."

"Ansin is é ba cheart dom a rá, 'Sin a thugtar ar an amhrán'," arsa Eilís á ceartú féin.

"Níor cheart ar chor ar bith. Sin rud eile ar fad ar fad! '*Bealaí is slite*' a thugtar ar an amhrán. Ach níl sa mhéid sin ach an rud a thugtar air, tá a fhios agat!"

"Bhuel, cad é an t-amhrán féin?" arsa Eilís, a bhí trína chéile ar fad faoin am sin.

'Bhí mé ag teacht chuige sin," arsa an Ridire. "Is ionann an t-amhrán agus '*Ina shuí ar gheata.*' Agus mise féin a chum an fonn."

Le linn dó é sin a rá, sheas sé a chapall agus lig do na srianta titim ar a mhuineál. Ansin thosaigh sé ar a amhrán agus é ag bualadh an bhuille le leathlámh, fad is a bhí a aghaidh shéimh amaideach á soilsiú ag miongháire lag, amhail is dá mbeadh sé ag baint taitnimh as an gceol.

Is iomaí sin rud a chonaic Eilís ar a turas tríd an Tír Lastall den Scáthán, ach ba é seo an ní ba shoiléire ar chuimhnigh sí riamh air. Bhíodh sí in ann na blianta ina dhiaidh sin an radharc uile a thabhairt chun cuimhne, amhail is nár tharla sé ach inné—na súile míne gorma agus miongháire lách an Ridire—luí na gréine ag taitneamh trína chuid gruaige agus ag glioscarnach ar a chathéide chomh glé agus gur dalladh í nach mór—an capall ag gluaiseacht timpeall go ciúin, na srianta ar crochadh lena muineál, agus í ag creimeadh an fhéir ag a cosa—scátha dubha na coille ar a cúl—thóg Eilís é sin uile go léir isteach mar a bheadh pictiúr, fad is a bhí sí ag coinneáil leathláimhe os cionn a súl mar scáth, í ina seasamh droim le crann agus ag breathnú ar an bpéire aisteach agus ag éisteacht i gcineál aislinge le ceol caointeach an amhráin.

"Ach níorbh eisean féin a chum an ceol ar chor ar bith," arsa Eilís léi féin, "mar chuala mé an fonn sin go minic cheana." D'fhan sí ina seasamh agus ag éisteacht go haireach leis an amhrán, ach níor baineadh deoir ar bith aisti.

"Inseoidh mé gach ar féidir liom.
Is beag atá le rá.
Chonaic mé seanfhear aosta crom
'na shuí ar gheata lá.
'A sheanfhir, inis dom do ghairm,'
a dúrt, 'is cé thú féin!'
A fhreagra rith sé trí mo cheann
mar uisce ag rith trí chré.

'Ar fhéileacáin a bhím sa tóir
a luíonn sa chruithneacht bhán.
Déanaim astu píonna feol'
is díolaim iad sa tsráid,
díolaim iad le loingsigh bád
a chleachtann stoirm na dtonn.
Faighim mar sin mo chuidse aráin,
—is beag a thagann chúm.'

Ach bhí mé féin ag ceapadh plean
le m'fhéasóg a dhathú glas
's an oiread feidhm' a bhaint as fean
nach bhfeicfí puinn an dath.
Mar sin níor thugas freagra dó
de bharr nach rabhas in ann,
ach dúras 'Inis dom do ghnó!'
is bhuaileas é sa cheann.

Lean sé leis i bhfriotal séimh
is dúirt sé 'Téim an tslí
is nuair a shroichim sruthán sléibh'
is ea 'chuirim lasair faoi.
Déantar as ansin gan mhoill
gruaigola 'bhíonn mór le rá.

Dhá phingin go leith a thugtar dom—
is suarach é mar phá.'

Ach bhí mé féin ag ceapadh modh'
gan ithe ach bianna saibhre
is leanacht orm ó ló go ló
de shíor ag dul i raimhre.
Chroith mé é ó thaobh go taobh
go raibh a bheola gorm:
'Conas a chaitheann tú do shaol?'
a ghlaoigh mé is fearg orm.

'Bímse ag tóraíocht súl cadóg
sna toim ildaite fraoigh
is díobh sin ním cnaipí casóg
in uair rímharbh na hoích'.
Ní dhíolaim aon uair iad ar ór
ná ar phíosaí airgid ghil;
ní iarraim ach an leathphingin rua
is ceannóidh sin naoi gcinn.

'Tochlaím arán is im aníos
nó ar phortáin cuirim dol
nó cuardaím géar gach cnocán mín
ag súil le teacht ar roth.
Sin í an tslí' (is chaoch sé súil)
'a dtuillim mo chuid aráin
is dod' shláinte féin anois le fonn
a d'ólfainn gloine lán.'

Chualas é mar chuir mé críoch
ó chianaibh ar mo sheift,
droichead na Bóinne a bhruith i bhfíon
mar chosaint ar an meirg.
Ghabh mé buíochas as a scéal,
faoi shaothrú a chuid aráin
is toisc go ndúirt go n-ólfadh sé
dom' shláinte gloine lán.

Anois gach uair a tharlaíonn dom
mo mhéar a chur i nglae,
gach uair a bhrúim mo choisín deas
i mbróg na coise clé,
nó a thiteann meáchan ar mo spág
is a ligim scread le pian,
goilimse, mar chím im cheann
an seanfhear aosta a bhuail liom tráth,
a d'fhéach go séimh, a labhair go mall,
ar ghile a ghruaig ná an sneachta bán,
ar gheall a chuntanós le cág,
ar lasta a shúil ná dearglasán,
le brón a taibhsíodh a bheith ar fán,
a luascadh a chorp anonn is anall,
a dhéanadh caint mar mhantachán

ag meiliteáil 's a phluca lán,
a ligeadh búir mar tharbh i dtáin,
fadó fadó tráthnóna breá
ar gheata a bhí 'na shuí."

Nuair a bhí focail deireanacha an bhailéid ráite ag an Ridire, thóg sé na srianta, agus chas sé cloigeann a chapaill i dtreo an bhóthair ar tháinig siad. "Níl ach cúpla slat le dul agat," a dúirt sé, "síos an cnoc agus thar an srutháinín úd, agus ansin is Banríon thú—Ach fanfaidh tú le slán a chur liom ar dtús?" a dúirt sé freisin, nuair a chonaic sé Eilís ag féachaint go tnúthánach sa treo a thaispeáin sé di. "Ní bheidh mé i bhfad. Fanfaidh tú agus croithfidh tú do chiarsúr póca nuair a shroichfidh mé an cor sin sa bhóthar. Is dóigh liom go dtabharfaidh sé misneach dom, an dtuigeann tú?"

"Fanfaidh mé cinnte," arsa Eilís, "agus go raibh míle maith agat as teacht an fad seo liom—agus as an amhrán—is mór a thaitin sé liom."

"Tá súil agam gur thaitin," arsa an Ridire go hamhrasach, "ach níor bhain sé an oiread deor asat agus a shíl mé a bhainfeadh."

Chroith siad lámh lena chéile agus d'imigh an Ridire is a chapall go mall isteach san fhoraois. "Ní fada a bheidh mé ag fanacht go dtitfidh sé, is dóigh liom," arsa Eilís léi féin. "Sin é anuas anois é! Ar mhullach a chinn mar is gnách! Ach téann sé suas arís sách éasca—sin i ngeall air gach a bhfuil crochta ar a chapall—" Lean sí uirthi ag caint léi féin fad is a bhí sí ag breathnú ar an gcapall ag siúl go réidh ar feadh an bhóthair agus ar an Ridire ag titim anuas, ar thaobh amháin agus an an taobh eile gach re seal. Tar éis dó titim a ceathair nó a cúig do chuarta, shroich sé an casadh, agus chroith sí a ciarsúr póca air agus d'fhan gur imigh sé as amharc.

"Tá súil agam gur thug sé sin misneach dó," a dúirt sí, fad is a chas sí le rith le fána an chnoic. "Anois caithfidh mé dul trasna an tsruthán deireanaigh go mbeidh mé i mo Bhanríon! Nach galánta an fhuaim atá leis an bhfocal!" Thug fíorbheagán coiscéimeanna chuig bruach an tsrutháin í. "An Chearnóg Dheireanach sa deireadh thiar!" a dúirt sí agus léim sí thairis,

*   *   *   *

*   *   *

*   *   *   *

agus chaith í féin ar a fad ar phlásóg a bhí chomh mín le caonach agus a bhí breac le ceapacha beaga bláthanna thall is abhus. "Nach ormsa atá an ríméad a bheith abhus! Agus cad é seo ar mo cheann?" a dúirt sí le teann imní agus chuir sí a dhá lámh in airde chuig rud éigin fíorthrom a bhí ina shuí go teann anuas ar a ceann.

"Conas a bhí sé in ann teacht orm i ngan fhios dom?" a dúirt sí léi féin agus í á bhaint anuas dá ceann agus á leagan ar a hucht ag féachaint cad a bhí ann.

Coróin óir ab ea é.

CAIBIDIL IX

Eilís Banríon

"Nach mór an spórt é sin!" arsa Eilís. "Níor cheap mé riamh go mbeinnse i mo Bhanríon chomh luath seo—agus inseoidh mé rud duit, a Bhanríon Uasal," a dúirt sí á cáineadh féin (ba bhreá léi i gcónaí a bheith á lochtú féin), "ní dhéanfaidh sé cúis go deo thusa a bheith caite ar an bhféar i do scraiste mar sin! Ní mór do Bhanríonacha dínit a bheith ag baint leo, tá a fhios agat!"

D'éirigh sí ar a cosa agus thosaigh ag siúl timpeall—beagán teann ar dtús, mar bhí faitíos uirthi go dtitfeadh an choróin dá ceann. Ach ba shólás di an smaoineamh nach raibh aon duine i ngaobhar di a d'fheicfeadh í, "agus más Banríon mé dáiríre," a dúirt sí, fad is a shuigh sí ar an bhféar arís, "beidh mé in ann an choróin a láimhseáil go maith le himeacht aimsire."

Ó tharla go raibh rudaí ag titim amach chomh haisteach sin, ní raibh iontas ar bith uirthi nuair a thug sí faoi deara go raibh an Bhanríon Dearg agus an Bhanríon Bhán ina suí ina aice léi, duine ar gach aon taobh di. Ba mhaith léi fiafraí díobh conas a tháinig siad ann, ach shíl sí nach mbeadh sé sin rómhúinte. Shíl sí ina dhiaidh sin féin nach mbeadh dochar ar bith ann dá bhfiafródh sí díobh an raibh deireadh leis an gcluiche. "An inseoidh tú dom, más é do thoil é—" a dúirt sí a chéaduair agus í ag féachaint go cúthail ar an mBanríon Dearg.

"Ná labhair go labhrófar leat!" arsa an Bhanríon ag teacht roimpi go gangaideach.

"Ach dá gcloífeadh gach uile dhuine leis an riail sin," arsa Eilís, a mbíodh beagán fonn chun argóna i gcónaí uirthi, "agus mura labhrófá ach amháin nuair a labhrófaí leat agus dá bhfanfadh an duine eile i gcónaí go dtosófá, ní déarfadh aon duine rud ar bith go deo, an dtuigeann tú, agus b'ionann sin agus—"

"Deargsheafóid!" arsa an Bhanríon go borb. "Féach, nach dtuigeann tú, a chailín bhig—" stad sí ansin go crosta, agus tar éis di machnamh ar feadh tamaill, tharraing sí ábhar eile comhrá aníos gan choinne agus dúirt "Cad atá i gceist agat le 'Más Banríon mé dáiríre'? Cén ceart atá agat Banríon a thabhairt ort féin? Níl cead agat a bheith i do Bhanríon, tá a fhios agat, go n-éireoidh leat sa scrúdú cuí. Dá thúisce is a thosóimid é, is amhlaidh is fearr é."

"Ní dúirt mé ach 'má'!" arsa Eilís bhocht ag achainí go truamhéalach.

D'fhéach an bheirt Bhanríonacha ar a chéile. Rith creathán beag tríd an mBanríon Dearg agus dúirt sí, "*Deir* sí nach ndúirt sí ach 'má'—"

"Ach dúirt sí i bhfad níos mó ná sin!" arsa an Bhanríon Bhán de chnead agus í ag fáscadh a dhá lámh. "Ó, i bhfad níos mó ná sin!"

"Is fíor di é, tá a fhios agat," arsa an Bhanríon Dearg le hEilís. "Abair an fhírinne i gcónaí—smaoinigh sula labhróidh tú—agus scríobh síos ina dhiaidh sin é."

"Go deimhin ní raibh i gceist agam—" arsa Eilís ach tháinig an Bhanríon Dearg roimpi go mífhoighneach.

"Sin é go díreach an rud a bhfuil mé ag clamhsán faoi. Ba cheart duit é a bheith i gceist agat! Cad é an mhaith cailín beag nach bhfuil brí ar bith léi? Ba chóir brí éigin a bheith le scéal grinn—agus is mó le rá cailín beag ná scéal grinn, tá súil agam. Ní fhéadfá é sin a shéanadh, fiú dá mbainfeá feidhm as do dhá lámh le chéile."

"Ní le mo lámha a shéanaimse rudaí," arsa Eilís ag sárú léi.

"Ní dúirt aon duine gur leo," arsa an Bhanríon Dearg. "Is éard a dúirt mé, nach bhféadfá, dá ndéanfá an iarracht."

"Tá an meon sin aici," arsa an Bhanríon Bhán, "go dteastaíonn uaithi rud éigin a shéanadh—ach níl a fhios aici cad a shéanfaidh sí!"

"Meon olc binbeach mínáireach," arsa an Bhanríon Dearg. Bhí ciúnas míchompordach ann ar feadh tamaill ghearr.

Ba í an Bhanríon Dearg a bhris an ciúnas nuair a dúirt sí leis an mBanríon Bhán, "Tugaim cuireadh duit teacht chuig dinnéar le hEilís tráthnóna inniu."

Rinne an Bhanríon Bhán meangadh gáire lag, agus dúirt "Agus tugaimse cuireadh duitse."

"Ní raibh a fhios agam go mbeadh cóisir agam ar chor ar bith," arsa Eilís, "ach má tá cóisir le bheith ann, is dóigh liom gur ceart gur mise a thabharfaidh cuireadh do na haíonna."

"Thugamar an seans duit na cuirí a thabhairt," arsa an Bhanríon Dearg, "ach is dócha nach bhfuair tú mórán ceachtanna sna dea-bhéasa go fóill."

"Ní le ceachtanna a mhúintear dea-bhéasa," arsa Eilís. "Is éard a mhúintear i gceachtanna cén chaoi le huimhríocht a dhéanamh agus a leithéid sin."

"An bhfuil Suimiú agat?" arsa an Bhanríon Bhán. "Cad é a haon is a haon is a haon is a haon is a haon is a haon is a haon is a haon is a haon is a haon?"

"Níl a fhios agam," arsa Eilís. "Cuireadh thar mo chuntas mé."

"Níl Suimiú aici," arsa an Bhanríon Dearg ag teacht roimpi. "An bhfuil Dealú agat? Cá mhéad a hocht lúide a naoi?"

"A hocht lúide a naoi?" arsa Eilís. "Ní féidir é sin a dhéanamh ró-éasca, tá a fhios agat. Ach—"

"Níl Dealú aici," arsa an Bhanríon Bhán. "An bhfuil Roinnt agat? Roinn builín le scian—cén freagra a thugann sé sin?"

"Is dóigh liom—" arsa Eilís ag tosú á freagairt, ach d'fhreagair an Bhanríon Dearg ina háit. "Arán is im, ar ndóigh. Bain triail as ceist Dealaithe: bain cnámh de mhadra. Cad a bheidh fágtha?"

Rinne Eilís a machnamh. "Ní fhanfadh an chnámh, ar ndóigh, dá mbainfinnse den mhadra í—agus ní fhanfadh an madra, mar thiocfadh sé le ag baint sclaimhe asam—agus is cinnte nach bhfanfainnse."

"An gceapann tú nach bhfanfadh tada?" arsa an Bhanríon Dearg.

"Is dóigh liom gurb é sin an freagra."

"Mícheart, mar is gnách," arsa an Bhanríon Dearg. "D'fhanfadh foighne an mhadra."

"Ní fheicim conas—"

"Féach!" arsa an Bhanríon Dearg. "Chaillfeadh an madra a fhoighne, nach gcaillfeadh?"

"B'fhéidir go gcaillfeadh," arsa Eilís go haireach.

"Ansin dá n-imeodh an madra, d'fhanfadh a chuid foighne!" arsa an Bhanríon go caithréimeach.

"B'fhéidir go rachaidís bealaí éagsúla," arsa Eilís chomh tromchúiseach agus ab fhéidir léi. Ach níor fhéad sí gan a rá léi féin "Nach uafásach an raiméis atá ar siúl againn!"

"Níl uimhríocht ar bith aici," arsa an bheirt Bhanríonacha go diongbháilte as béal a chéile.

"An bhfuil uimhríocht agatsa?" arsa Eilís agus í ag iontú go tobann ar an mBanríon Bhán. Ba chúis mísheásaimh di go rabhthas á cáineadh chomh láidir sin.

Baineadh an anáil den Bhanríon agus dhún sí a dhá súil. "Tá mé in ann rudaí a shuimiú," a dúirt sí, "má thugann tú am dom, ach ní féidir liom Dealú ar chor ar bith!"

"Tá an aibítir ar eolas agat, an bhfuil?" arsa an Bhanríon Dearg.

"Tá go deimhin," arsa Eilís.

"Tá sí ar eolas agamsa freisin," arsa an Bhanríon Bhán de chogar. "Déarfaimid le chéile go minic í, a mhaoineach. Agus ligfidh mé rún leat—is féidir liomsa focail d'aon litir amháin a léamh! Nach galánta é sin! Ach ná bíodh drochmhisneach ort. Bainfidh tú amach é sách luath."

Ansin thosaigh an Bhanríon Dearg arís. "An féidir leat ceisteanna úsáideacha a fhreagairt?" a dúirt sí. "Conas a dhéantar arán?"

"Tá sé sin ar eolas agam!" arsa Eilís go dúthrachtach. "Béarfaidh tú ar phlúr—"

"Cá mbaineann tú an plúr?" arsa an Bhanríon Bhán. "I ngairdín nó sna fálta?"

"Ní bhaintear ar chor ar bith é," a mhínigh Eilís. "Bítear á mheilt."

"Cé mhéad ama a bhíonn tú a mheilt?" arsa an Bhanríon Bhán. "Caithfidh tú gan an oiread sin rudaí a fhágáil ar lár."

"Gaothraigh a cloigeann!" arsa an Bhanríon Dearg ag teacht roimpi go himníoch. "Beidh fiabhras uirthi leis an oiread sin smaoinimh." Thosaigh siad mar sin á gaothrú le slata is duilleoga, go dtí go raibh uirthi impí orthu stad, toisc a cuid gruaige a bheith ag fuadach timpeall a cinn.

"Tá sí ceart go leor arís," arsa an Bhanríon Dearg. "An bhfuil teangacha iasachta agat? Cén Fhraincis a chuirfeá ar ím-bím-bobaró?"

"Ní Gaeilge ím-bím-bobaró," arsa Eilís go stuama.

"Cé a dúirt riamh gurbh ea?" arsa an Bhanríon Dearg.

Cheap Eilís go bhfaca sí réiteach na faidhbe an babhta seo. "Má insíonn tusa dom cén teanga é 'ím-bím-bobaró', cuirfidh mise Gaeilge air duit!" a dúirt sí go caithréimeach.

Ach tharraing an Bhanríon Dearg í féin aníos go righin agus dúirt "Ní dhéanann Banríonacha margadh aon uair."

"Is trua go gcuireann na Banríonacha ceisteanna," arsa Eilís léi féin.

"Ná bímis ag troid," arsa an Bhanríon go himníoch. "Cad is cúis leis an tintreach?"

"Is éard is cúis leis an tintreach," arsa Eilís go láidir, "ná an toirneach—ní hí, ní hí!" a dúirt sí go tapa á ceartú féin. "A mhalairt a bhí i gceist agam."

"Tá sé rómhall anois chun é a cheartú," arsa an Bhanríon Dearg. "Má deir tú rud ar bith, tá sé ráite go daingean, agus ní mór duit a bheith thíos leis."

"Meabhraíonn sé sin dom," arsa an Bhanríon Bhán, agus í ag breathnú síos agus ag dúnadh a dhá lámh is á n-oscailt le teann eagla, "bhí a leithéid de stoirm thoirní againn Dé Máirt seo caite—ceann de shraith dheireanach na Máirteanna atá i gceist agam, tá a fhios agat."

Bhí mearbhall ar Eilís. "Sa tír seo againne," a dúirt sí, "ní bhíonn ach lá amháin againn ar a sheal."

"Is bocht an tslí é sin chun rudaí a dhéanamh," arsa an Bhanríon Dearg. "Anseo is mar phéirí nó trí cinn i ndiaidh a chéile a bhíonn na laethanta is na hoícheanta againn, agus uaireanta sa gheimhreadh bíonn oiread is cúig oíche le chéile againn—ar mhaithe leis an teas, tá a fhios agat."

"An mbíonn níos mó teasa i gcúig oíche ná mar a bhíonn in oíche amháin?" arsa Eilís go hamhrasach.

"Cúig uaire níos mó teasa, ar ndóigh."

"Ach de réir na rialach sin, ba chóir dóibh a bheith cúig uaire níos fuaire—"

"Is fíor duit!" arsa an Bhanríon Dearg. "Cúig uaire níos teo agus cúig uaire níos fuaire—go díreach mar atáimse cúig uaire níos saibhre ná tusa agus cúig uaire níos cliste!"

Lig Eilís osna aisti agus d'éirigh as ar fad. "Is éard atá ann tomhas nach bhfuil freagra ar bith air," a dúirt sí léi féin.

"Chonaic Filimín Failimín freisin í," arsa an Bhanríon Bhán ag leanúint ar aghaidh i nglór íseal, amhail is dá mbeadh sí ag caint léi féin. "Tháinig sé chuig an doras agus corcscriú ina lámh aige."

"Cad a bhí uaidh?" arsa an Bhanríon Dearg.

"Dúirt sé go dtiocfadh sé isteach," arsa an Bhanríon Bhán, "toisc gur ag tóraíocht dobhareich a bhí sé. Ach ní raibh a leithéid sa teach an mhaidin sin, de réir mar a tharla."

"An iondúil go mbíonn?" arsa Eilís agus iontas uirthi.

"Ní bhíonn ach Déardaoin de ghnáth," arsa an Bhanríon.

"Tá a fhios agam cén fáth ar tháinig sé," arsa Eilís. "Theastaigh uaidh pionós a chur ar na héisc, mar—"

Sin é an uair a thosaigh an Bhanríon Bhán arís. "Bhí a leithéid sin de stoirm thoirní ann, nach bhféadfá smaoineamh!" ("Ní raibh sise riamh in ann smaoineamh, tá a fhios agat," arsa an Bhanríon Dearg.) "Agus d'fhuadaigh cuid den díon den teach, agus tháinig an oiread sin toirní isteach—chuaigh sí ag rolláil timpeall an tseomra ina chnapanna móra—agus ag leagan na mbord is na mball troscáin—go dtí gur scanraíodh chomh dona mé agus nár chuimhin liom m'ainm féin!"

"Ní fhéachfainnse choíche le cuimhneamh ar m'ainm le linn timpiste!" arsa Eilís léi féin. "Cén mhaith a bheadh ann?" Ach ní dúirt sí é sin os ard, ar eagla go ngoillfeadh sé ar an mBanríon bhocht.

"Ní mór do do Mhórgacht é a mhaitheamh di," arsa an Bhanríon Dearg le hEilís agus ghlac sí leathlámh na Banríona Báine ina lámha féin agus thosaigh á slíocadh go mánla. "Níl aon dochar inti agus má deir sí rudaí óinsiúla, ní bhíonn neart aici air de ghnáth."

D'fhéach an Bhanríon Bhán air Eilís go cúthail, agus d'airigh Eilís go mba cheart di rud éigin fíorchineálta a rá, ach ní fhéadfadh sí ag an nóiméad sin smaoineamh ar aon rud oiriúnach.

"Níor tógadh go han-mhaith riamh í," arsa an Bhanríon Dearg, "ach chuirfeadh sé ionadh ort a shéimhe is atá sí! Slíoc a ceann, agus feicfidh tú a shásta is a bheidh sí!" Ach ní raibh de mhisneach ag Eilís a leithéid a dhéanamh.

"Dá mbeifí cineálta léi—agus dá gcuirfí rollóirí ina cuid gruaige—b'iontach an toradh a bheadh air léi—"

Lig an Bhanríon Bhán osna fhada agus leag a cloigeann ar ghualainn Eilíse. "Tá an oiread sin codlata orm!" a dúirt sí de chnead.

"Tá tuirse uirthi, an créatúr bocht!" arsa an Bhanríon Dearg. "Slíoc a cuid gruaige—tabhair do chaipín oíche ar iasacht di—agus abair suantraí shuaimhneach di."

"Níl caipín oíche agam," arsa Eilís, fad is a bhí sí ag déanamh iarrachta an dara hordú a leanúint: "níl suantraí shuaimhneach ar bith ar eolas agam ach an oiread."

"Beidh orm é a dhéanamh mé féin," arsa an Bhanríon Dearg agus thosaigh sí mar seo:

"Codail ar dhá ghlúin Eilíse go sámh!
Ligse do scíth roimh aimsir na fleá.
Beifear ag damhsa ag deireadh na féile—
Eilís, dhá ríon 's cách eile le chéile!"

"Agus anois ó tá na focail ar eolas agat," arsa an Bhanríon Dearg fad is a leag sí a cloigeann ar ghualainn eile Eilíse, "abair dom ó thús deireadh é. Tá codladh ag teacht ormsa chomh maith le duine." I gcionn nóiméid eile bhí an bheirt Bhanríonacha ina sámhchodladh agus ag srannadh go tréan.

"Cad a dhéanfaidh mé?" arsa Eilís léi féin agus bhreathnaigh sí thart agus mearbhall mór uirthi. Thit cloigeann cruinn amháin agus ansin an cloigeann cruinn eile anuas dá gualainn agus d'fhan ina luí ina gcnap trom ina hucht. "Ní dóigh liom gur tharla sé riamh roimhe seo go raibh ar an aon duine amháin aire a thabhairt do bheirt Bhanríonacha agus iad ina gcodladh! Níor tharla, i stair an domhain uile go léir. Dúisígí, dúisígí, a rudaí troma!" a dúirt sí go mífhoighneach ach ní bhfuair sí mar fhreagra ach srannadh.

Bhí an srannadh ag dul i soiléire in aghaidh an nóiméid agus ansin déarfá gur fonn ceoil a bhí ann. Sa deireadh thiar bhí Eilís in ann na focail a dhéanamh amach, agus bhí sí ag éisteacht chomh hairdeallach sin, gur ar éigean a bhraith sí na cloigne uaithi nuair a d'imigh siad dá hucht.

Bhí sí ina seasamh os comhair dorais a raibh áirse os a chionn. EILÍS BANRÍON a bhí scríofa ar an áirse i litreacha móra millteacha. Bhí cloigín ar gach aon taobh den doras. "Cuairteoirí" a bhí scríofa faoi chloigín amháin agus "Seirbhísigh" faoin gceann eile.

"Fanfaidh mé go mbeidh deireadh leis an amhrán," arsa Eilís léi féin, "agus ansin buailfidh mé an—cén cloigín is ceart dom a bhualadh?" Chuir ainmneacha na gcloigíní an-mhearbhall uirthi. "Ní cuairteoir mé," a dúirt sí, "agus ní seirbhíseach mé ach an oiread. Ba chóir cloigín a bheith ann, an bhfuil a fhios agat, a mbeadh an focal 'Banríon' scríofa faoi—"

D'oscail an doras beagán ansin, agus chuir créatúr a raibh gob fada air a chloigeann amach agus dúirt "Ní bheidh cead isteach go ceann coicíse!" agus dhún sé an doras de phlimp.

Chnag Eilís ar an doras agus bhuail sí an cloigín ar feadh i bhfad ach b'obair in aisce aici é. Sa deireadh thiar d'éirigh sean-

Fhrog, a bhí ina shuí faoi chrann, d'éirigh sé agus tháinig sé anall chuici ag bacadaíl go mall. Éide ghlébhuí a bhí uime agus bhí buataisí ollmhóra ar a chosa.

"Céard tá anois ann?" a dúirt sé de chogar domhain garbh.

Chas Eilís thart chuige agus í réidh chun argóna le duine ar bith. "Cá bhfuil an seirbhíseach arb é a ghnó an doras seo a fhreagairt?"

"Cén doras?" arsa an Frog.

Labhair sé chomh mall sin, gur beag nár ghread Eilís a cos ar an talamh le teann mífhoighne. "An doras seo, ar ndóigh?"

D'fhéach an Frog lena shúile móra murtallacha ar an doras ar feadh tamaill. Ansin chuaigh sé ní ba ghiorra dó agus chuimil a ordóg de, amhail is go mb'áil leis fios a bheith aige an dtiocfadh an phéint de. Ansin d'fhéach sé ar Eilís.

"An doras seo a fhreagairt, ab ea?" a dúirt sé. "Céard a bhí sé a fhiathrú?" Bhí a ghlór chomh piachánach sin gur ar éigean a chuala Eilís a ndúirt sé.

"Ní thuigim thú," a dúirt sí.

"Gaeilge atáim a labhairt, nach ea?" arsa an Frog. "An bodhar atá tú? Céard a d'fhiathra' sé dhíot?"

"Níor fhiafraigh sé tada," arsa Eilís go mífhoighneach. "Bhí mise ag cnagadh airsean!"

"Muise, muise, b'shin rud nár cheart dhuit a dhíona' ar chor ar bith bith—ar chor ar bith bith—" arsa an Frog i monabhar. "Dheamhan a dtaithneoch a leithéide leis, an bhfuil a fhios a'ad?" Chuaigh sé suas chuig an doras ansin agus thug cic dó le ceann dá spága móra.

"Ná bac leis a' deabhal de rud," a dúirt sé go cársánach, "agus ní bhacfa' sé leat, an bhfuil a fhios a'ad?"

Osclaíodh an doras ansin agus chualathas guth géar ag gabháil fhoinn:

"Ba í Eilís a d'inis do lucht an Scátháin:
'Tá ríshlat im lámh is tá coróin ar mo cheann.
Suíodh cách chun mo thábla, is cuma cé hé,
i bhfochair dhá bhanríon 's in éineacht liom féin!'"

agus chualathas na céadta glór ansin ag rá na loinneoige:

"Clúdaítear na táblaí le cnaipí is glae,
Cuirtear cait insa chaifé is lucha sa tae.
Líontar na gloiní go scafánta binn
's céad míle fáilte roimh Eilís Banríon!"

Lean rírá is gártha molta an rann sin. "Céad míle fáilte," arsa Eilís léi féin. "Is uimhir ollmhór é sin. Meas tú, an bhfuil aon duine ag comhaireamh?" Bhí ciúnas ann tar éis tamaill ghearr agus thosaigh an guth géar céanna ag gabháil fhoinn arís. Seo an dara rann a dúirt sé:

"'Gabhaigí i leith,' arsa Eilís, 'a lucht an Scátháin!
M'fheiceáil 's mo chloisteáil, 's é sin onóir ard.
Suí chun mo bhoirdse is mór an phribhléid
i bhfochair dhá bhanríon 's in éineacht liom féin!'"

Thosaigh an loinneog arís:—

"Mar sin líontar na gloiní le triacla is le dúch
nó le rud ar bith eile 'bheadh blasta nó subhach.
Cuirtear gaineamh sa saghdar is olann san fhíon,
agus seo milliún fáilte roimh Eilís Banríon!"

"Milliún fáilte!" arsa Eilís go héadóchasach. "Ó, ní dhéanfar é sin go deo! Bheadh sé chomh maith agam dul isteach gan mhoill—" Isteach léi ansin agus bhí ciúnas iomlán ann a thúisce is a tháinig sí i láthair.

Bhreathnaigh Eilís go neirbhíseach ar feadh an bhoird, fad is a bhí sí ag siúl suas an halla mór, agus thug sí faoi deara go raibh thart ar leathchéad aoi de gach uile chineál ann. B'ainmhithe cuid díobh, b'éin cuid eile, agus fiú amháin bhí roinnt bláthanna ina measc. "Is deas liom gur tháinig siad gan fanacht le cuireadh," a dúirt sí léi féin. "Ní bheadh a fhios agamsa cérbh iad na daoine cearta le cuireadh a thabhairt dóibh!"

Bhí trí chathaoir ag ceann an bhoird. Bhí an Bhanríon Dearg is an Bhanríon Bhán ina suí i bpéire díobh cheana, ach bhí an chathaoir i lár báire folamh. Shuigh Eilís síos inti. Chuir an ciúnas míchompord uirthi agus b'fhada léi go labhródh duine éigin.

Ba í an Bhanríon Dearg a thosaigh ag caint sa deireadh. "Chaill tú an t-anraith is an t-iasc," a dúirt sí. "Leagaigí anuas an spóla!" Agus leag an lucht freastail spóla caoireola os comhair Eilíse. D'fhéach sí air agus beagán imní uirthi, mar ní raibh uirthi riamh cheana spóla feola a ghearradh.

"Tá cuma beagán cúthail ort," arsa an Bhanríon Dearg. "Lig dom thú a chur in aithne don spóla caoireola sin. Eilís—Caoireoil, Caoireoil—Eilís." D'éirigh an spóla sa mhias agus d'umhlaigh d'Eilís. D'umhlaigh Eilís ar ais dó. Ní raibh a fhios aici i gceart ar chúis scanraidh nó ghrinn é.

"An bhféadfainn slisín caoireola a thairiscint duit," arsa Eilís. Thóg sí an forc agus an scian agus bhreathnaigh ón mBanríon Dearg chuig an Spóla.

"Ní féadfá ar chor ar bith," arsa an Bhanríon Dearg go diongbháilte. "Má cuireadh in aithne do dhuine éigin thú, ní den mhúineadh é a ghearradh. Tugaigí an spóla chun bealaigh!" Thug na giollaí freastail an spóla chun siúil agus chuir siad maróg mhór plumaí ina áit.

"B'fhearr liom nach gcuirfí in aithne don mharóg mé, le do thoil," arsa Eilís go deifreach, "nó ní bhfaighimid dinnéar ar bith. Ar mhaith leat an roinnt a dhéanamh?"

Cuma phusach a bhí ar an mBanríon Dearg agus dúirt sí de ghlór íseal "Maróg—Eilís. Eilís—Maróg. Tugaigí an mharóg chun siúil!" agus thug na giollaí an mharóg leo chomh tapa sin nach raibh deis ag Eilís umhlú di.

Níor thuig Eilís, áfach, cén fáth nach raibh cead ag aon duine ach ag an mBanríon Dearg orduithe a thabhairt. Mar sin ghlaoigh sí amach "A Ghiolla! Tabhair ar ais an mharóg!" go bhfeicfeadh sí cad a tharlódh. Siúd ar ais an mharóg láithreach bonn trí dhraíocht, mar dhea. Bhí an mharóg chomh mór sin gur mhothaigh sí beagán cúthail os a comhair, go díreach mar a mhothaigh sí leis an gcaoireoil. Chuir sí an-strus uirthi féin ag cloí an chúthaileadais, áfach, agus d'éirigh léi slisín a ghearradh agus shín chuig an mBanríon Dearg é.

"Nach deiliúsach an mhaise duit é!" arsa an Mharóg. "Meas tú, cén chaoi a dtaitneodh sé leatsa, dá mbainfinnse slisín asat, a ruidín suarach!"

Ba thiubh, slaodach glór na Maróige, agus ní fhéadfadh Eilís focal ar bith a rá mar fhreagra uirthi. Ní fhéadfadh sí ach suí ann agus breathnú ar an Maróg mar baineadh an anáil di.

"Abair rud éigin," arsa an Bhanríon Dearg. "Is seafóideach an rud é an comhrá uile go léir a fhágáil faoin Maróg!"

"An bhfuil a fhios agat, aithrisíodh an oiread sin filíochta dom inniu," a dúirt Eilís a chéaduair agus beagán eagla uirthi mar a thúisce is a d'oscail a beola, bhí ciúnas iomlán ann agus bhí gach uile dhuine ag stánadh go tréan uirthi, "agus is aisteach an ní é, is dóigh liom—ar bhealach amháin nó ar bhealach eile is le héisc a bhain gach dán dár chuala mé. An bhfuil a fhios agat cad chuige a bhfuil an oiread sin spéise acu sna héisc sa dúiche seo?"

Is leis an mBanríon Dearg a labhair sí, ach is iomrallach go maith a bhí a freagra sise. "Chomh fada is a bhaineann an scéal leis na héisc," a dúirt sí go mall sollúnta, agus bhí a béal an-ghearr aici do chluas Eilíse, "tá tomhas álainn—i bhfilíocht ar fad—faoi éisc ar fad—ag a Mórgacht Bhán. An aithriseoidh sí dúinn é?"

"Ba chineálta an mhaise dá Mórgacht Dearg é a lua," arsa an Bhanríon Bhán de mhonabhar isteach i gcluas eile Eilíse. Ba gheall le corracú colúir a glór. "Thaitneodh sé sin thar barr liom! An bhfuil cead agam é a aithris?"

"Tá cead, cinnte," arsa Eilís go han-mhúinte.

Bhain sé sin gáire áthais as an mBanríon Bhán agus shlíoc sí leiceann Eilíse. Thosaigh uirthi ansin:

"'Caithfear breith ar an iasc ar dtús.'
Ní hansa: bhéarfadh leanbh air, 's dóigh liom.
'Caithfear a luach a leagan anuas.'
Ní hansa: má tá pingin againn, is leor sin.

'Gan mhoill anois bruith dom an t-iasc!'
Ní hansa: ní bheidh mé ach meandar.
'Bíodh an t-iasc ina luí i mias!'
Ní hansa: tá sé inti cheana.

'Go n-íosfar é beir chúm an t-iasc!'
Ní hansa: tá an t-iasc an-éadrom.
'Ardaítear clár na méise aníos!'
Ochón, is mór m'eagla nach bhféadaim!

Greamaíonn an clár chomh docht le gliú—
feidhmíonn a mhias mar gheimhle:
cé acu is fusa duit, arú,
an t-iasc doscaoilte nó an tomhas a scaoileadh?"

"Bíodh nóiméad agat le smaoineamh air," arsa an Bhanríon Dearg, "agus ansin tomhais é. Idir an dá linn ólfaimid do shláinte—Sláinte Eilíse Banríona!" a bhéic sí. Thosaigh na haíonna go léir ag ól a sláinte láithreach, agus is aisteach an chaoi ar ól siad í. Leag cuid díobh a ngloiní ar a gceann mar a bheadh múchóirí ann agus d'ól siad ar tháinig ag sileadh anuas a n-aghaidh—d'iompaigh cuid eile díobh na buidéil ar a dtaobh, agus d'ól siad an fíon fad is a rith sé amach thar chiumhaiseanna na mbord—agus dhreap trí cinn acu (cuma cangarúnna a bhí orthu sin) isteach i mias na caoireola rósta, agus chrom ar an súlach a leadhbadh siar, "macasamhail muca i gcró!" arsa Eilís léi féin.

"Ba chóir do bhuíochas a chur in iúl in óráid chliste," arsa an Bhanríon Dearg le hEilís. Bhí místá uirthi le hEilís le linn na cainte di.

"Ní mór dúinn tacaíocht a thabhairt duit, tá a fhios agat," arsa an Bhanríon Bhán de chogar, nuair a d'éirigh Eilís le hóráid a thabhairt go humhal agus beagán den eagla uirthi.

"Táim fíorbhuíoch díot," a dúirt sí de chogar, "ach is féidir liom é a dhéanamh gan tacaíocht ar bith."

"Ní dhéanfadh sé sin cúis in aon chor," arsa an Bhanríon Dearg go láidir. Rinne Eilís iarracht cur suas leo i bpáirt mhaitheasa.

("Agus nach iad a bhí do mo bhrú!" arsa Eilís ina dhiaidh sin, nuair a bhí sí ag insint scéal an dinnéir dá deirfiúr. "Cheapfá gur ag iarraidh mé a fháscadh i mo chlár cothrom a bhí siad!")

Ba dheacair di fanacht ina hionad le linn di a bheith ag caint. Bhí an bheirt Bhanríonacha á brú chomh láidir sin, bean díobh ar gach aon taobh, gur bheag nár ardaigh siad san aer í. "Éirím chun buíochas a ghabháil—" arsa Eilís i dtosach, agus fad is a bhí sí ag caint, d'éirigh sí cúpla orlach san aer dáiríre. Ach rug sí greim ar chiumhais an bhoird agus tháinig léi í féin a ísliú.

"Tabhair aire duit féin!" arsa an Bhanríon Bhán de scread agus rug sí greim ar ghruaig Eilíse lena dhá lámh. "Tá rud éigin chun tarlú!"

Agus ansin go tobann (faoi mar a mhínigh Eilís an scéal ina dhiaidh sin) thosaigh gach uile shórt ruda ag tarlú in éineacht. D'fhás na coinnle gur shroich siad an tsíleáil. Ba gheall le broibh iad a raibh tinte ealaíne ar a mbarr. Maidir leis na buidéil, ghlac gach uile cheann díobh péire plátaí, a chuir siad mar sciatháin orthu féin, agus d'imigh siad le foirc mar chosa acu ag foluain timpeall i ngach uile threo: "Agus tá an-chosúlacht le héin acu," a dúirt Eilís léi féin, chomh maith agus a d'fhéadfadh sí sa ruaille buaille is sa chlampar a bhí ag tosú.

An nóiméad sin d'airigh Eilís gáire cársánach lena taobh, agus chas sí féachaint cad a bhí ar an mBanríon Bhán. Ach in ionad na Banríona, is amhlaidh a bhí spóla caoireola ina shuí sa chathaoir. "Is anseo atá mise!" a dúirt glór amach as túirín an anraith. Chas Eilís arís agus bhí sí díreach in am chun aghaidh dhea-chroíoch leathan agus straois gáire uirthi a fheiceáil, sular imigh sí as radharc isteach san anraith.

Ní raibh nóiméad le cailleadh aici. Bhí roinnt de na haíonna ina luí ar na miasa cheana féin, agus bhí spúnóg mhór an anraith ag siúl an bord aníos i dtreo chathaoir Eilíse, agus í ag tabhairt le tuiscint go mífhoighneach gur ghá di an bealach a fhágáil aici.

"Ní féidir liom cur suas leis seo níos faide!" a dúirt sí. D'éirigh sí ar a cosa agus rug ar an éadach boird lena dhá lámh. Tarraingt mhaith amháin agus tháinig plátaí, miasa, aíonna agus coinnle ag tuairteáil anuas ar mhuin mhairc a chéile ar an urlár.

"Maidir leatsa," a dúirt sí agus ag iompú go fíochmhar ar an mBanríon Dearg, mar cheap sí gurb ise ba chúis leis an trioblóid go léir. Ach ní raibh an Bhanríon ina haice a thuilleadh—bhí sí tar éis laghdú go tobann go dtí nach raibh inti ach toirt bhábóigín, agus bhí sí an nóiméad sin ar an mbord agus í ag rith timpeall agus timpeall i ndiaidh a seáil féin, a bhí á tharraingt aici ina diaidh aniar.

Chuirfeadh sé sin iontas ar Eilís ag am ar bith eile, ach bhí corraí chomh mór sin uirthi nach gcuirfeadh aon rud iontas uirthi faoin am sin. "Maidir leatsa," a dúirt sí arís agus í ag breith ar an gcréatúirín beag a bhí ag léim thar bhuidéal a bhí tar éis tuirling ar an mbord, "croithfidh mé thú go ndéanfaidh mé caitín díot, croithfead sin!"

CAIBIDIL X

Croitheadh

Bhain sí den bhord í le linn na cainte sin di, agus chroith sí anonn is anall í chomh láidir agus a bhí sí in ann.

Níor chuir an Bhanríon Dearg ina coinne ar chor ar bith, ach laghdaigh a haghaidh go mór, chuaigh a dhá súil i méad agus tháinig dath glas orthu. Fad is bhí Eilís á croitheadh, lean sí uirthi ag dul i ngiorracht—agus i raimhre—agus i mboige—agus i gcruinne—agus—

CAIBIDIL XI

Dúiseacht

———Agus i ndeireadh na dála caitín a bhí inti.

CAIBIDIL XII

Cé a rinne an Bhrionglóid?

"Ba chóir do do Mhórgacht Dearg gan crónán chomh hard sin," arsa Eilís agus í ag cuimilt a dhá súil, agus ag caint leis an gcaitín le hurraim, ach le hiarracht de ghéire freisin. "Dhúisigh tú as brionglóid álainn mé! Agus bhí tú in éineacht liom, a Phuisín—ar fud na tíre Lastall den Scáthán. An raibh a fhios sin agat, a mhaoineach?"

Tá nós míchaothúil ag na caitíní (mar a dúirt Eilís uair amháin) nach mbíonn siad ach ag crónán, is cuma cad a deirtear leo. "Faraor nach ndéanann siad crónán chun 'is ea' agus meamhaíl chun 'ní hea' a chur in iúl, nó a leithéid sin," a dúirt sí an uair sin, "sa chaoi gurbh fhéidir le duine comhrá a dhéanamh leo! Ach conas is féidir a bheith ag caint le duine a deir an rud ceannann céanna i gcónaí?"

Ag an am i láthair ní dhearna an puisín ach crónán, agus níorbh fhéidir a thomhas cé acu "is ea" nó "ní hea" a bhí i gceist.

Chuardaigh Eilís mar sin i measc na bhfear fichille ar an mbord go bhfuair sí an Bhanríon Dearg. Chuaigh sí síos ansin ar a dhá glúin ar an mata os comhair na tine agus chuir idir chaitín agus Bhanríon os comhair a chéile. "Anois, a Phuisín!" a dúirt sí, agus bhuail sí a dhá bois ar a chéile go caithréimeach, "Admhaigh gurb é sin an rud a rinneadh díot!"

("Ach ní raibh an caitín sásta breathnú ar an mBanríon," a dúirt sí ina dhiaidh sin, nuair a bhí sí ag míniú an scéil dá deirfiúr: "Chas an chaitín a cloigeann i leataobh agus lig sí uirthi féin nach bhfaca sí tada. Ach bhí an chuma ar an gcaitín go raibh náire uirthi. Is dóigh liom mar sin gurbh í an Bhanríon Dearg í.")

"Suigh aniar beagán níos righne, a mhaoineach!" arsa Eilís agus í ag gáire go meidhreach. "Agus umhlaigh fad is a bheidh tú ag smaoineamh cad is mian leat a—chrónán. Sábhálann sé sin am, an dtuigeann tú!" agus rug sí uirthi agus thug póigín amháin di, "mar ómós di toisc gurb í an Bhanríon Dearg a bhí inti."

"A Phlúirín Sneachta, a thaisce!" arsa Eilís ag leanúint léi agus í ag féachaint anonn ar an gCaitín Bán, a bhí fós á níochán go foighneach, "cén uair a bheidh Dineá réidh le do Mhórgacht Bhán, meas tú? Caithfidh gurb é sin an fáth a raibh tú chomh trína chéile sin i mo bhrionglóid—a Dhineá, an bhfuil a fhios agat gur ag glanadh na Banríona Báine atá tú? Is beag an t-ómós a thaispeánann tú di, is beag sin!"

"Agus meas tú, cad a rinneadh de Dhineá?" a dúirt sí ag cabaireacht léi, agus shocraigh sí síos go compordach, leathuillinn léi ar an mata, agus a lámh faoina smig, chun féachaint ar na caitíní. "Inis dom, a Dhineá, arbh é Filimín Failimín a rinneadh díot? Is dóigh liom gurbh é—bheadh sé chomh maith agat gan é sin a insint do do chairde go fóill beag, mar nílim cinnte."

"Dála an scéil, a Phuisín, dá mbeifeá liomsa dáiríre i mo bhrionglóid, bheadh rud amháin ann a mbainfeá an-taitneamh go deo as—aithrisíodh an t-uafás filíochta dom, agus éisc ab ábhar di uile go léir! Beidh pléisiúr mór agat ar maidin amárach nuair a bheidh tú ag ithe do bhricfeasta. Aithriseoidh mé duit '*An Rosualt agus an Cearpantóir*', agus beidh tú in ann samhlú gur oisrí atá tú a ithe, a mhaoineach!"

"Anois, a Phuisín, déanaimis amach cé aige a raibh an bhrionglóid aige. Is tromchúiseach an cheist í sin, a mhaoineach, agus ba chóir duit gan leanúint leat ag lí do lapa mar sin—amhail is nár nigh Dineá ar maidin thú! An dtuigeann tú, a Phuisín, caithfidh sé gur duine den bheirt againne a rinne an bhrionglóid, mise nó an Rí Dearg. Ba chuid de mo bhrionglóid eisean freisin, ar ndóigh—ach is cuid dá bhrionglóidsean a bhí ionamsa chomh maith! Arbh é an Rí Dearg é, a Phuisín? Ba tusa a bhean chéile, a mhaoineach. Ba chóir duit fios a bheith agat más ea—Ó, a Phuisín, cuidigh liom an cheist a réiteach! Táim cinnte gur féidir leat do lapa a fhágáil gan lí go ceann tamaill!" Ach ba chrá croí an caitín beag mar ní dhearna sí ach tosú ar an lapa eile, agus lig sí uirthi féin nár chuala sí an cheist.

Cé aige a raibh an bhrionglóid, dar leatsa?

Arthach beag faoi ghrian lách,
Leasc a théann sí leis an snámh
In ardtráthnóna samhraidh bhreá.

Cuachta i m'fhochair 'éisteann triúr—
Eagna páistí is géire súl—
Pléisiúr leo na heachtraí rúin.

Loiceann orainn na cuimhní beo.
Éalaíonn samhradh; tig, ochón!
An fuacht is géilleann grian don reo.

Samhlaím i mo bhriongloid í—
Alice—taibhse bheag sa tír
Nach bhfeicim ach in aislingí.

Cuachfar páistí i m'aice fós;
Éistfidh siad go grámhar sóch
Le simplíocht mo scéil go fóill.

I dTír na nIontas ina luí
Déanfaid brionglóideach de shíor
De réir mar imeoidh samhradh is bliain.

Éalaíonn an bád go lonrach glé
Le sruth an tsaoil—ár mbeatha féin.
Le brionglóid nach ríchosúil é?

Puch na Peiriúice

Eachtra in
Lastall den Scáthán
agus a bhFuair Eilís Ann Roimpi
a fágadh ar lár

RÉAMHRÁ

Nuair a scríobh Lewis Carroll *Lastall den Scáthán* níor thaitin ceann de na heachtraí le John Tenniel, an maisitheoir; dá bharr sin d'fhág Carroll ar lár ar fad é. "Puch na Peiriúice" a thugtar anois ar an eachtra—ní caibidil atá inti, cé gur mar chaibidil a thagraíodh Tenniel di. Bhí sí ar iarraidh go dtí an bhliain 1974. Tá tuairimí éagsúla ag daoine le míniú cén fáth nár ghlac Tenniel leis an sliocht. An 1 Meitheamh 1870, áfach, is amhlaidh a scríobh Tenniel chuig Carroll:

> A Dodgson, a chara:
>
> Nuair a tharlaíonn an *léim* sa radharc faoin mBóthar Iarainn, feictear dom go mbeadh sé chomh maith agat ligean d'Eilís breith ar *mheigeall* an Ghabhair amhail an rud is giorra di—in ionad ghruaig na seanmhná. Ba rínádúrtha an ní é go gcaithfeadh an tuairt le chéile iad.
>
> Ná tóg orm mo chuid mínóis, ach ní mór dom a rá leat nach bhfuil spéis dá laghad agam sa chaibidil faoin 'bpuch' ⁊ ní fheicim ón talamh aníos conas is féidir liom pictiúr de a tharraingt. Má theastaíonn uait an leabhar a ghiorrú, is deacair dom gan smaoineamh—go hanumhal duit—gur féidir leat do dheis a thapú anseo.
>
> Faoi chrá mór deifre,
>
> Is mise le dúthracht duit
> J. Tenniel.
>
> (foinse: *The Annotated Alice*, lch 283)

Deirtear go ndúirt Tenniel in áit eile: "Sháródh *puch* agus *peiriúic* ar chumas iomlán na healaíne." Creideann mórán daoine mar sin gur fágadh an eachtra ar lár toisc nár theastaigh ó Tenniel puch faoi pheiriúic a tharraingt. D'fhéadfadh sé freisin nach raibh an t-am ag Tenniel an líníocht a sholáthar toisc go raibh air rud a chur ar fáil don iris *Punch* roimh spriocdháta áirithe. Ceapann Martin Gardner go mb'fhéidir nár mhaith le Tenniel comhoibriú anseo i ngeall ar an gcáineadh a dhéanann an puch ar shúile Eilíse. (Ba é Ken Leeder a rinne an pictiúr atá i gcló ar leathanach 166 thíos. Conacthas é sin den chéad uair san eagran de *The Wasp in a Wig* a d'fhoilsigh MacMillan i Londain sa bhliain 1977.)

Ba chóir gur i ndiaidh eachtra an Ridire Bháin a d'fheicfí an sliocht seo. Seo an áit a raibh rún ag Carroll an sliocht a chur:

"Tá súil agam gur thug sé sin misneach dó," a dúirt sí, fad is a chas sí le rith síos le fána an chnoic. "Anois caithfidh mé dul trasna an tsruthán deireanaigh go mbeidh mé i mo Bhanríon! Nach galánta an fhuaim atá leis an bhfocal!" Thug fíorbheagán coiscéimeanna chuig bruach an tsrutháin í. "An Chearnóg Dheireanach sa deireadh thiar!" a dúirt sí agus léim sí thairis,

*   *   *   *
  *   *   *
*   *   *   *

agus chaith í féin ar a fad ar phlásóg a bhí chomh mín le caonach agus a bhí breac le ceapacha beaga bláthanna thall is abhus. "Nach ormsa atá an ríméad a bheith abhus! Agus cad é seo ar mo cheann?" a dúirt sí le teann imní agus chuir sí a dhá lámh in airde chuig rud éigin fíorthrom a bhí ina shuí go teann anuas ar a ceann.

"Conas a bhí sé in ann teacht orm i ngan fhios dom?" a dúirt sí léi féin agus í á bhaint anuas dá ceann agus á leagan ar a hucht ag féachaint cad a bhí ann.

Coróin óir ab ea é.

130

Puch na Peiriúice

. . . *A*gus bhí sí ar tí léim thairis, nuair a d'airigh sí osna throm, a cheap sí a bhí ag teacht as an gcoill ar a cúl.

"Tá duine éigin ansin a bhfuil an-bhrón air," a dúirt sí léi féin agus d'fhéach sí siar le feiceáil cad ba chearr. Bhí rud éigin cosúil le seanfhear críonna (ach ba chosúil le puch é ó thaobh ceannaithe de) ina shuí ar an talamh, é cuachta suas agus a dhroim le crann. Bhí sé ar bharr amháin creatha agus is léir go raibh an-fhuacht air.

"Ní dócha gur féidir liom cúnamh ar bith a thabhairt," arsa Eilís ar dtús agus í ar tí léim thar an sruthán:— "ach fiafróidh mé de cad atá ag cur as dó," a dúirt sí, á stopadh féin ar an mbruach. "Má léimim thar an sruthán seo, athróidh gach rud sa chaoi nach mbeidh mé in ann aon rud a dhéanamh ar a shon."

Dá bharr sin chuaigh Eilís ar ais chuig an bPuch—beagán i ndiaidh a cos, mar ba mhór ab áil léi bheith ina banríon.

"Och, mo sheanchnámha, mo sheanchnámha!" a bhí an Puch a rá go clamhsánach fad is a bhí Eilís ag teacht aníos chuige.

"Na daitheacha atá ag cur as dó, is dócha," arsa Eilís léi féin agus chrom sí anuas air go ndúirt go han-chineálta, "Tá súil agam nach róthrom na pianta atá ort?"

Ní dhearna an Puch ach a ghuaillí a chroitheadh agus d'iompaigh sé a chloigeann uaithi. "Mo léan is mo lom!" a dúirt sé leis féin.

"An féidir liom aon rud a dhéanamh duit?" arsa Eilís. "Nach bhfuil tú beagán fuar anseo?"

"Nach tusa an clabaire!" arsa an Puch go cantalach. "Is mór an crá croí í, is mór sin. Ní raibh a leithéid de pháiste riamh ann!"

Ghoill an freagra sin ar Eilís beagán, agus bhí sí ar tí imeacht léi agus a fhágáil leis féin, nuair a dúirt sí léi féin, "B'fhéidir gurb í an phian atá ag cur an chantail air." Dá bhrí sin rinne sí iarracht athuair cúnamh éigin thabhairt dó.

"Nach ligfidh tú dom thú a thabhairt timpeall chuig an taobh eile den chrann? Beidh tú ar thaobh na fothana ansin."

Ghlac an Puch a lámh agus lig sé di é a thabhairt timpeall. Nuair a bhí sé socraithe síos arís, ní dúirt sé ach, "Is mór an crá croí thú! Nach bhféadfá duine a fhágáil i síocháin?"

"Ar mhaith leat go léifinn beagán as seo duit?" arsa Eilís agus í ag tógáil nuachtáin a bhí ina luí ag a chosa.

"Tá cead agat é a léamh, más maith leat," arsa an Puch roinnt stuacach léi. "Níl aon duine do do chosc, go bhfios domsa."

Shuigh Eilís síos in aice leis, leathnaigh an nuachtán amach ar a dhá glúin agus thosaigh á léamh: "*An Nuacht is Déanaí. Rinne an Bhuíon Chuardaigh turas eile sa Phantrach, agus fuair siad cúig chnapán eile de shiúcra bán, iad mór agus dea-bhail orthu. Nuair a bhí siad ag teacht ar ais—*"

"An bhfuarthas siúcra donn ar chor ar bith?" arsa an Puch ag teacht roimpi.

Thug Eilís sracfhéachaint ar an gcuid eile den leathanach agus dúirt, "Ní bhfuarthas. Níl tada ann faoi shiúcra donn."

"Ní bhfuair siad siúcra donn ar bith!" arsa an Puch go clamhsánach. "Cén sórt buíon chuardaigh iad sin?"

Lean Eilís leis an léitheoireacht: "*Nuair a bhí siad ag teacht ar ais fuair siad loch triacla. Bhí bruacha an locha gorm agus bán agus bhí cuma cré-earra orthu. Fad is a bhí siad ag blaiseadh an triacla, bhain míthapa dóibh: is amhlaidh a bádh beirt mar a bheadh i slogaide—*"

"*Conas* a bádh iad?" arsa an Puch go han-chrosta.

"Mar a bheadh i slog-aid-e," arsa Eilís arís ag briseadh an fhocail suas i siollaí.

"Níl a leithéid d'fhocal ar an saol!' arsa an Puch.

"Ach tá sé ar an bpáipéar," arsa Eilís agus í beagán faiteach.

"Éirímis as an léitheoireacht anois!" arsa an Puch agus d'iompaigh sé a chloigeann uaithi go cráite.

Leag Eilís an páipéar uaithi. "Tá eagla orm nach bhfuil tú ar fónamh," a dúirt sí go séimh. "An féidir liom aon rud a dhéanamh duit?"

"Is i ngeall ar an bpeiriúic é," arsa an Puch de ghlór ba mhíne go mór.

"I ngeall ar an bpeiriúic?" arsa Eilís arís agus í sásta go raibh sé ag cur an chantail de.

"Bheifeása crosta freisin, dá mbeadh peiriúic ort cosúil le mo cheannsa," arsa an Puch ag leanúint air. "Bítear ag magadh fúm. Agus bítear do mo chrá. Tagann cantal orm ansin. Agus tagann fuacht orm. Ansin téim faoi chrann agus faighim ciarsúr buí. Agus ceanglaím timpeall ar m'aghaidh é. Feiceann tú gur mar sin atá mo chloigeann faoi láthair."

Bhreathnaigh Eilís air le teann trócaire. "Is maith an rud d'aghaidh a cheangal, má bhíonn tinneas fiacaile ort," a dúirt sí.

"Agus má tá mórchúis ort," arsa an Puch.

Níor chuala Eilís an focal sin i gceart. "An cineál tinneas fiacaile é sin?" a dúirt sí.

Smaoinigh an Puch ar feadh tamaill. "Ní hea," a dúirt sé: "Is éard atá ort nuair a choinníonn tú do chloigeann suas—mar seo—gan do mhuineál a lúbadh."

"Á, muineál righin atá i gceist agat," arsa Eilís.

"Is ainm nua-aimseartha é sin," arsa an Puch. "Mórchúis a bhí air le mo linnse."

"Ní galar ar bith an mhórchúis," arsa Eilís.

"Is ea go deimhin," arsa an Puch, "Fan go mbeidh sí ort agus beidh a fhios agat ansin. Agus nuair a thógfas tú í, ceangail ciarsúr buí thart timpeall d'aghaidhe. Leigheasfaidh sé sin gan mhoill thú."

Scaoil sé an ciarsúr dá aghaidh le linn na cainte sin, agus chuir a pheiriúic iontas mór ar Eilís, nuair a chonaic sí í. Dath glébhuí a bhí uirthi fearacht an chiarsúir, agus bhí sí in aimhréidh agus trína chéile ar nós burla feamainne. "D'fhéadfá cuma níos néata a chur ar do pheiriúic," a dúirt sí, "dá mbeadh cíor agat."

"An Beach thú más ea?" arsa an Puch agus é ag féachaint uirthi le teann spéise. "Agus tá cíor agat. An bhfuil mórán meala inti?"

"Ní cíor den chineál sin atá inti," arsa Eilís go tapa mar mhíniú. "Rud chun gruaig a chíoradh atá inti—tá do pheiriúic chomh trína chéile sin, tá a fhios agat."

"Inseoidh mé duit cén fáth a bhfuil sí ar mo chloigeann," arsa an Puch. "Nuair a bhí mé óg, an dtuigeann tú, bhíodh casadh nádúrtha i mo chuid bachall—"

Rith smaoineamh aisteach le hEilís. Gach uile dhuine a casadh uirthi nach mór, d'aithris sé filíocht di. Smaoinigh sí ansin go bhféachfadh sí an mbeadh an Puch in ann véarsaíocht a aithris freisin. "Ar mhiste leat an scéal a insint dom i bhfoirm filíochta?" arsa sí go han-mhúinte.

"Ní hé sin an rud a bhfuilim cleachtach leis," arsa an Puch, "ach bainfidh mé triail as ina dhiaidh sin féin. Fan nóiméad." Bhí sé ina thost ar feadh tamaill, agus ansin thosaigh sé arís—

"Ba chatach fáinneach is mise an-óg,
ba dhualach casta folt mo chinn,
ach dúradh liom 'Lom é go beo;
is fearr a d'fheilfeadh peiriúic bhuí!'

Lomas mar sin mo chiabhfholt cas
is d'athraigh an lomadh sin mo ghné,
ach dúradh nach rabhas leath chomh deas
agus a ceapadh a bheinn roimh ré.

Dúradh nár fheil dom peiriúic bhuí;
ní hea, gur mhíofar mé dá barr.
Ní fhásfaidh go deo na duail arís
's ar an loime níl aon leigheas ann.

Anois is plaiteach sleamhain mo chúl
toisc mé a bheith go haosta críon,
'Cuir díot,' deirtear, 'an truflais úd!'
's go borb a baintear an pheiriúic díom.

Anois gach uair a feictear mé
deirtear liom gur mór mo bhaois,
agus is é faoi ndeara an masla géar
an pheiriúic bhuí 'bheith ar mo bhlaosc."

"Tá an-trua agam duit," arsa Eilís go croíúil, "agus dá bhfeilfeadh do pheiriúic ní b'fhearr duit, is dócha nach mbeifí ag spochadh asat chomh mór sin."

"Is rímhaith a théann do pheiriúicse duitse," arsa an Puch faoina anáil agus é ag breathnú uirthi le teann áthais. "Is í cuma do chloiginn is cúis leis. Ní maith an cruth atá ar do ghialla, áfach—ní dóigh liom go bhféadfá greim láidir a bhaint as aon rud."

Chrom Eilís ar screadaíl le teann gáire, ach rinne sí casacht de sin chomh maith agus ab fhéidir léi. Sa deireadh bhí sí in ann caint arís agus dúirt sí go tromchúiseach, "Is féidir liom greim a bhaint as aon rud is mian liom."

"Ní féidir le béal chomh beag sin," arsa an Puch go daingean. "Dá mbeifeása ag troid, cuir i gcás—an bhféadfá breith ar chúl muineáil an duine eile le do ghialla?"

"Is oth liom nach bhféadfainn," arsa Eilís.

"Is é sin in ngeall air go bhfuil do ghialla róghearr," arsa an Puch. "Ach is go deas rabhnáilte atá mullach do chinn." Bhain sé a fholt bréige de féin agus é á rá sin, agus shín amach crúb i dtreo Eilíse, amhail is dá mba mhian leis breith uirthi, ach choinnigh sise amach as raon a ghéag, agus níor ghlac sí lena leid. Lean an Puch ar aghaidh á cáineadh.

"Do dhá shúil ansin—tá siad rófhada chun tosaigh, gan dabht. Ba leor ceann amháin in ionad dhá cheann, más *gá* duit iad a bheith chomh cóngarach sin dá chéile—"

Is beag a thaitin le hEilís go rabhthas ag lochtú a pearsan féin an oiread sin, agus ós rud é go raibh an-mhisneach ag an bPuch arís agus go raibh sé ag éirí fíorchainteach, cheap sí nár mhiste é a fhágáil. "Is dóigh liom gur mithid dom a bheith ag imeacht anois," a dúir sí, "Slán agat."

"Slán leat, agus go raibh maith agat," arsa an Puch agus rith Eilís síos an cnoc arís. Ba chúis sásaimh di gur fhill sí agus gur chaith sí roinnt nóiméad ag tabhairt sóláis don seanchréatúr bocht.